ŒUVRES
DE
M. ROUSSEAU
DE GENÈVE.
TOME II.

Titre du Tome second.

Moreau le Jeune inven. *Le Mire Sculp.*

Ah, berger volage !
Faut-il t'aimer malgré moi !

ŒUVRES

DE

M. ROUSSEAU

DE GENÈVE.

NOUVELLE ÉDITION,

Revue, corrigée, & augmentée de plusieurs pièces qui n'avoient point encore paru.

TOME II.

A NEUCHATEL.

M. DCC. LXIV.

ŒUVRES DIVERSES DE M. J. J. ROUSSEAU.

NARCISSE, OU L'AMANT DE LUI-MÊME, COMÉDIE;

PAR M. J. J. ROUSSEAU:

Représentée par les Comédiens François Ordinaires du Roi, le 18 Décembre 1752.

PRÉFACE.

J'Ai écrit cette Comédie à l'âge de dix-huit ans, & je me ſuis gardé de la montrer, auſſi long-tems que j'ai tenu quelque compte de la réputation d'Auteur. Je me ſuis enfin ſenti le courage de la publier ; mais je n'aurai jamais celui d'en rien dire. Ce n'eſt donc pas de ma piece, mais de moi-même, qu'il s'agit ici.

Il faut, malgré ma répugnance, que je parle de moi ; il faut que je convienne des torts que l'on m'attribue, ou que je m'en juſtifie. Les armes ne ſeront pas égales, je le ſens bien ; car on m'attaquera avec des plaiſanteries, & je ne me défendrai qu'avec des raiſons : mais pourvu que je convainque mes adverſaires, je me ſoucie très-peu de les perſuader. En travaillant à mériter ma propre eſtime, j'ai appris à me paſſer de celle des autres, qui, pour la plupart, ſe paſſent bien de la mienne. Mais, s'il ne m'importe guère qu'on penſe bien ou mal de moi, il m'importe que perſonne n'ait droit d'en mal penſer; & il importe à la vérité que j'ai ſoutenue, que ſon défenſeur ne ſoit point accuſé juſtement de ne lui avoir prêté ſon ſecours que par caprice ou par vanité, ſans l'aimer & ſans la connoître.

Le parti que j'ai pris dans la queſtion que j'examinois il y a quelques années, n'a pas manqué de me ſuſciter une multitude d'adverſaires *, plus attentifs

* On m'aſſure que pluſieurs trouvent mau-

peut-être à l'intérêt des gens de lettres, qu'à l'honneur de la lit-

---

vais que j'appelle mes adversaires, mes adversaires; & cela me paroît assez croyable dans un siecle où l'on n'ose plus rien appeller par son nom. J'apprends aussi que chacun de mes adversaires se plaint, quand je réponds à d'autres objections que les siennes, que je perds mon tems à me battre contre des chimeres; ce qui me prouve une chose dont je me doutois déjà bien; sçavoir, qu'ils ne perdent point le leur à se lire ou à s'écouter les uns les autres. Quant à moi, c'est une peine que j'ai cru devoir prendre, & j'ai lu les nombreux écrits qu'ils ont publiés contre moi, depuis la premiere réponse dont je fus honoré, jusqu'aux quatre sermons Allemands, dont l'un commence à-peu-près de cette maniere : *Mes freres, si Socrate revenoit parmi nous; & qu'il vît l'état florissant où les sciences sont en Europe; que dis-je, en Europe? en Allemagne; que dis-je, en Allemagne? en Saxe; que dis-je, en Saxe? à Leipsic; que dis-je, à Leipsic? dans cette Université: alors saisi d'étonnement, & pénétré de respect, Socrate s'assiéroit modestement parmi nos écoliers; & recevant nos leçons avec humilité, il perdroit bien-tôt avec nous cette ignorance dont il se plaignoit si justement.* J'ai lu tout cela, & n'y ai fait que peu de réponses; mais je suis fort aise que ces Messieurs les aient trouvé assez agréables pour être jaloux de la préférence. Pour térature. Je l'avois prévu, & je m'étois bien douté que leur conduite en cette occasion prouveroit en ma faveur plus que tous mes discours. En effet, ils n'ont déguisé ni leur surprise, ni leur chagrin, de ce qu'une Académie s'étoit montrée intégre si mal-à-propos. Ils n'ont épargné contr'elle, ni les invectives indiscrettes, ni

---

les gens qui sont choqués du mot d'*adversaires*; je consens de bon cœur à le leur abandonner, pourvu qu'ils veuillent bien m'en indiquer un autre, par lequel je puisse désigner, non-seulement tous ceux qui ont combattu mon sentiment, soit par écrit, soit plus prudemment, & plus à leur aise, dans les cercles de femmes & de beaux-esprits, où ils étoient bien sûrs que je n'irois pas me défendre; mais encore ceux qui, feignant aujourd'hui de croire que je n'ai point d'adversaires, trouvoient d'abord sans réplique les réponses de mes adversaires; puis, quand j'ai répliqué, m'ont blâmé de l'avoir fait, parce que, selon eux, on ne m'avoit point attaqué. En attendant, ils permettront que je continue d'appeller mes adversaires, mes adversaires; car, malgré la politesse de mon siecle, je suis grossier comme les Macédoniens de Philippe.

même les fauſſetés * , pour tâcher d'affoiblir le poids de ſon jugement. Je n'ai pas non plus été oublié dans leurs déclamations. Pluſieurs ont entrepris de me réfuter hautement ; les ſages ont pu voir avec quelle force ; & le Public, avec quel ſuccès ils l'ont fait. D'autres plus adroits, connoiſſant le danger de combattre directement des vérités démontrées, ont habilement détourné ſur ma perſonne une attention qu'il ne falloit donner qu'à mes raiſons ; & l'examen des accuſations qu'ils m'ont intentées, a fait oublier les accuſations plus graves que je leur intentois moi-même. C'eſt donc à ceux-ci qu'il faut répondre une fois.

* On peut voir, dans le Mercure, 1752, le déſaveu de l'Académie de Dijon, au ſujet de je ne ſçais quel écrit, attribué fauſſement par l'Auteur à l'un des Membres de cette Académie

Ils prétendent que je ne penſe pas un mot des vérités que j'ai ſoutenues, & qu'en démontrant une propoſition, je ne laiſſois pas de croire le contraire : c'eſt-à-dire, que j'ai prouvé des choſes ſi extravagantes, qu'on peut affirmer que je n'ai pu les ſoutenir que par jeu. Voilà un bel honneur qu'ils font en cela à la ſcience qui ſert de fondement à toutes les autres ; & l'on doit croire que l'art de raiſonner ſert de beaucoup à la découverte de la vérité, quand on le voit employer avec ſuccès à démontrer des folies !

Ils prétendent que je ne penſe pas un mot des vérités que j'ai ſoutenues. C'eſt ſans doute, de leur part, une maniere nouvelle & commode de répondre à des argumens ſans réponſe, de réfuter les démonſtrations mêmes d'Euclide, & tout ce qu'il y a de démontré dans l'Univers. Il me ſemble, à moi, que ceux qui m'accuſent ſi téméairement de parler contre ma penſée, ne ſe ſont pas eux-mêmes un grand ſcrupule de parler contre la leur; car ils n'ont aſſurément rien trouvé dans mes écrits, ni dans ma conduite, qui ait dû leur inſpirer cette idée, comme je le prouverai bien-tôt; & il ne leur eſt pas permis d'ignorer que, dès qu'un homme parle ſérieuſement, on doit penſer qu'il croit ce qu'il dit, à moins que ſes actions ou ſes diſcours ne le démentent: encore cela même ne ſuffit-il pas toujours, pour s'aſſurer qu'il n'en croit rien.

Ils peuvent donc crier, autant qu'il leur plaira, qu'en me déclarant contre les ſciences, j'ai parlé contre mon ſentiment. A une aſſertion auſſi téméraire, dénuée également de preuve & de vraiſemblance, je ne ſçais qu'une réponſe ; elle eſt courte & énergique, & je les prie de ſe la tenir pour faite.

Ils prétendent encore que ma conduite eſt en contradiction avec mes principes, & il ne faut pas douter qu'ils n'employent cette ſeconde inſtance à établir la premiere ; car il y a beaucoup de gens qui ſçavent trouver des preuves à ce qui n'eſt pas. Ils diront donc, qu'en faiſant de la muſique & des vers, on a mauvaiſe grace à déprimer les beaux-arts, & qu'il y a dans les belles-lettres, que j'affecte de mépriſer, mille occupations plus louables que d'écrire des Comédies. Il faut répondre auſſi à cette accuſation.

Premierement ; quand même

on l'admettroit dans toute ſa rigueur, je dis qu'elle prouveroit que je me conduis mal ; mais non, que je ne parle pas de bonne foi. S'il étoit permis de tirer, des actions des hommes, la preuve de leurs ſentimens, il faudroit dire que l'amour de la juſtice eſt bannie de tous les cœurs, & qu'il n'y a pas un ſeul chrétien ſur la terre. Qu'on me montre des hommes qui agiſſent toujours conſéquemment à leurs maximes, & je paſſe condamnation ſur les miennes. Tel eſt le ſort de l'Humanité : la raiſon nous montre le but, & les paſſions nous en écartent. Quand il ſeroit vrai que je n'agis pas ſelon mes principes, on n'auroit donc pas raiſon de m'accuſer, pour cela ſeul, de parler contre mon ſentiment, ni d'accuſer mes principes de fauſſeté.

Mais si je voulois passer condamnation sur ce point, il me suffiroit de comparer les tems pour concilier les choses. Je n'ai pas toujours eu le bonheur de penser comme je fais. Long-tems séduit par les préjugés de mon siecle, je prenois l'étude pour la seule occupation digne d'un sage; je ne regardois les sciences qu'avec respect, & les sçavans qu'avec admiration *. Je ne comprenois pas que l'on pût s'égarer en démontrant toujours, ni mal faire en parlant toujours de sa-

---

* Toutes les fois que je songe à mon ancienne simplicité, je ne puis m'empêcher d'en rire. Je ne lisois pas un livre de morale ou de philosophie, que je ne crusse y voir l'ame & les principes de l'Auteur. Je regardois tous ces graves Écrivains comme des hommes modestes, sages, vertueux, irreprochables. Je me formois de leur commerce des idées angéliques, & je n'aurois approché de la maison de l'un d'eux, que comme d'un sanctuaire. Enfin je les ai vus; ce préjugé puérile s'est dissipé, & c'est la seule erreur dont ils m'aient guéri.

geſſe. Ce n'eſt qu'après avoir vu les choſes de près, que j'ai appris à les eſtimer ce qu'elles valent; &, quoique dans mes recherches j'aie toujours trouvé *ſatis eloquentiæ, ſapientiæ parùm*, il m'a fallu bien des réflexions, bien des obſervations, & bien du tems, pour détruire en moi l'illuſion de toute cette vaine pompe ſcientifique. Il n'eſt pas étonnant que, durant ces tems de préjugés & d'erreurs, où j'eſtimois tant la qualité d'Auteur, j'aie quelquefois aſpiré à l'obtenir moi-même. C'eſt alors que furent compoſés les vers & la plupart des autres écrits qui ſont ſortis de ma plume, & entr'autres cette petite Comédie. Il y auroit peut-être de la dureté à me reprocher aujourd'hui ces amuſemens de ma jeuneſſe; & on auroit tort au moins de m'accuſer d'avoir contredit en cela des principes qui n'étoient pas encore les miens. Il y a long-tems que je ne mets plus à toutes ces choses aucune espèce de prétention ; & hazarder de les donner au Public dans ces circonstances, après avoir eu la prudence de les garder si long-tems, c'est dire assez que je dédaigne également la louange & le blâme qui peuvent leur être dûs ; car je ne pense plus comme l'Auteur dont ils sont l'ouvrage. Ce sont des enfans illégitimes que l'on caresse encore avec plaisir, en rougissant d'en être le pere, à qui l'on fait ses derniers adieux, & qu'on envoie chercher fortune, sans beaucoup s'embarrasser de ce qu'ils deviendront.

Mais c'est trop raisonner d'après des suppositions chimériques. Si l'on m'accuse sans raison de cultiver les lettres que je méprise, je m'en défends sans nécessité ; car, quand le fait seroit vrai, il n'y auroit en cela aucune inconséquence ; c'est ce qui me reste à prouver.

Je suivrai pour cela, selon ma coutume, la méthode simple & facile qui convient à la vérité. J'établirai de nouveau l'état de la question ; j'exposerai de nouveau mon sentiment, & j'attendrai que, sur cet exposé, on veuille me montrer en quoi mes actions démentent mes discours. Mes adversaires, de leur côté, n'auront garde de demeurer sans réponse, eux qui possedent l'art merveilleux de disputer pour & contre sur toutes sortes de sujets. Ils commenceront, selon leur coutume, par établir une autre question à leur fantaisie ; ils me la feront résoudre comme il leur conviendra. Pour m'attaquer plus commodément, ils me feront raiſonner, non à ma maniere, mais à la leur : ils détourneront habilement les yeux du lecteur de l'objet eſſentiel, pour les fixer à droite & à gauche. Ils combattront un fantôme, & prétendront m'avoir vaincu : mais j'aurai fait ce que je dois faire, & je commence.

« La ſcience n'eſt bonne à rien,
» & ne fait jamais que du mal;
» car elle eſt mauvaiſe par ſa na-
» ture. Elle n'eſt pas plus inſépa-
» rable du vice, que l'ignorance,
» de la vertu. Tous les peuples
» lettrés ont toujours été corrom-
» pus; tous les peuples ignorans
» ont été vertueux : en un mot,
» il n'y a de vices que parmi les
» ſçavans, ni d'homme vertueux
» que celui qui ne ſçait rien. Il y
» a donc un moyen pour nous
» de redevenir honnêtes gens;
» c'eſt de nous hâter de proſcrire
la

» la ſcience & les ſçavans, de » brûler nos Bibliothèques, fer- » mer nos Académies, nos Col- » léges, nos Univerſités, & de » nous replonger dans toute la » barbarie des premiers ſiecles ».

Voilà ce que mes adverſaires ont très-bien réfuté : auſſi, jamais n'ai-je dit ni penſé un ſeul mot de tout cela, & l'on ne ſçauroit rien imaginer de plus oppoſé à mon ſyſtême que cette abſurde doctrine qu'ils ont la bonté de m'attribuer. Mais voici ce que j'ai dit, & qu'on n'a point réfuté.

Il s'agiſſoit de ſçavoir ſi le rétabliſſement des ſciences & des arts a contribué à épurer nos mœurs.

En montrant, comme je l'ai fait, que nos mœurs ne ſont

point épurées *, la queſtion étoit à-peu-près réſolue.

---

* Quand j'ai dit que nos mœurs s'étoient corrompues, je n'ai pas prétendu dire pour cela que celles de nos ayeux fuſſent bonnes, mais ſeulement que les nôtres étoient encore pires. Il y a parmi les hommes mille ſources de corruption; &, quoique les ſciences ſoient peut-être la plus abondante & la plus rapide, il s'en faut bien que ce ſoit la ſeule. La ruine de l'Empire Romain, les invaſions d'une multitude de Barbares ont fait un mélange de tous les peuples, qui a dû néceſſairement détruire les mœurs & les coutumes de chacun d'eux. Les croiſades, le commerce, la découverte des Indes, la navigation, les voyages de long cours, & d'autres cauſes encore que je ne veux pas dire, ont entretenu & augmenté le déſordre. Tout ce qui facilite la communication entre les diverſes nations, porte aux unes, non les vertus des autres, mais leurs crimes; & altere, chez toutes, les mœurs qui ſont propres à leurs climats & à la conſtitution de leurs gouvernemens. Les ſciences n'ont donc pas fait tout le mal; elles y ont ſeulement leur bonne part; & celui ſur-tout qui leur appartient en propre, c'eſt d'avoir donné à nos vices une couleur agréable, un certain air honnête qui nous empêche d'en avoir horreur. Quand on joua pour la premiere fois la Comédie du *Méchant*, je me ſouviens qu'on ne trouvoit pas que le rôle principal répondît au titre.

Mais elle en renfermoit implicitement une autre plus générale & plus importante ſur l'influence que la culture des ſciences doit avoir en toute occaſion ſur les mœurs des peuples. C'eſt celle-ci, dont la premiere n'eſt qu'une conſéquence, que je me propoſai d'examiner avec ſoin.

Je commençai par les faits, & je montrai que les mœurs ont dégénéré chez tous les peuples du Monde, à meſure que le goût de l'étude & des lettres s'eſt étendu parmi eux.

Cléon ne parut qu'un homme ordinaire : il étoit, diſoit-on, comme tout le monde. Ce ſcélérat abominable, dont le caractere ſi bien expoſé auroit dû faire frémir ſur eux-mêmes tous ceux qui ont le malheur de lui reſſembler, parut un caractere tout-à-fait manqué ; & ſes noirceurs paſſerent pour des gentilleſſes, parce que tel, qui ſe croyoit un fort honnête-homme, s'y reconnoiſſoit trait pour trait.

Ce n'étoit pas assez ; car sans pouvoir nier que ces choses eussent toujours marché ensemble, on pouvoit nier que l'une eût amené l'autre : je m'appliquai donc à montrer cette liaison nécessaire. Je fis voir que la source de nos erreurs sur ce point, vient de ce que nous confondons nos vaines & trompeuses connoissances avec la souveraine Intelligence qui voit d'un coup-d'œil la vérité de toutes choses. La science, prise d'une maniere abstraite, mérite toute notre admiration. La folle science des hommes n'est digne que de risée & de mépris.

Le goût des lettres annonce toujours chez un peuple, un commencement de corruption qu'il accélere très-promptement. Car ce goût ne peut naître ainsi dans toute une nation que de deux mauvaiſes ſouces que l'étude entretient & groſſit à ſon tour, ſçavoir, l'oiſiveté & le deſir de ſe diſtinguer. Dans un État bien conſtitué, chaque citoyen a ſes devoirs à remplir ; & ces ſoins importans lui ſont trop chers pour lui laiſſer le loiſir de vaquer à de frivoles ſpéculations. Dans un État bien conſtitué, tous les citoyens ſont ſi bien égaux, que nul ne peut être préféré aux autres comme le plus habile ; mais tout au plus comme le meilleur : encore cette derniere diſtinction eſt-elle ſouvent dangereuſe ; car elle fait des fourbes & des hypocrites.

Le goût des lettres qui naît du deſir de ſe diſtinguer, produit néceſſairement des maux infiniment plus dangereux que tout le bien qu'elles font n'eſt utile ; c'eſt de rendre à la fin ceux qui s'y livrent, très-peu ſcrupuleux ſur les moyens de réuſſir. Les premiers Philoſophes ſe firent une grande réputation en enſeignant aux hommes la pratique de leurs devoirs, & les principes de la vertu. Mais bien-tôt, ces préceptes étant devenus communs, il fallut ſe diſtinguer en frayant des routes contraires. Telle eſt l'origine des ſyſtêmes abſurdes des Leucippe, des Diogenes, des Pyrrhon, des Protagore, des Lucrece. Les Hobbe, les Mandeville, & mille autres ont affecté de ſe diſtinguer de même parmi nous; & leur dangereuſe doctrine a tellement fructifié, que, quoiqu'il nous reſte de vrais Philoſophes, ardens à rappeller dans nos cœurs les loix de l'humanité & de la vertu, on eſt épouvanté de voir juſqu'à quel point notre ſiecle raiſonneur a pouſſé dans ſes maximes le mépris des devoirs de l'homme & du citoyen.

Le goût des lettres, de la philosophie & des beaux-arts, anéantit l'amour de nos premiers devoirs & de la véritable gloire. Quand une fois les talens ont envahi les honneurs dûs à la vertu, chacun veut être un homme agréable, & nul ne se soucie d'être un homme de bien. De-là naît encore cette autre inconséquence, qu'on ne récompense dans les hommes que les qualités qui ne dépendent pas d'eux : car nos talens naissent avec nous, nos vertus seules nous appartiennent.

Les premiers, & presque les uniques soins qu'on donne à notre éducation, sont les fruits & les semences de ces ridicules préjugés. C'est pour nous enseigner les lettres, qu'on tourmente notre miſérable jeuneſſe. Nous ſçavons toutes les regles de la Grammaire, avant que d'avoir ouï parler des devoirs de l'homme : nous ſçavons tout ce qui s'eſt fait juſqu'à préſent, avant qu'on nous ait dit un mot de ce que nous devons faire ; &, pourvu qu'on exerce notre babil, perſonne ne ſe ſoucie que nous ſçachions agir ni penſer. En un mot, il n'eſt preſcrit d'être ſçavant que dans les choſes qui ne peuvent nous ſervir de rien ; & nos enfans ſont préciſément élevés comme les anciens Athletes des jeux publics, qui, deſtinant leurs membres robuſtes à un exercice inutile & ſuperflu, ſe gardoient de les employer jamais à aucun travail profitable.

Le goût des lettres, de la philoſophie & des beaux-arts amollit les corps & les ames. Le travail du cabinet rend les hommes délicats, affoiblit leur tempérament; & l'ame garde difficilement sa vigueur, quand le corps a perdu la sienne. L'étude use la machine, épuise les esprits, détruit la force, énerve le courage; & cela seul montre assez qu'elle n'est pas faite pour nous : c'est ainsi qu'on devient lâche & pusillanime, incapable de résister également à la peine & aux passions. Chacun sçait combien les habitans des villes sont peu propres à soutenir les travaux de la guerre, & l'on n'ignore pas quelle est la réputation des gens de lettres en fait de bravoure *. Or,

* Voici un exemple moderne pour ceux qui me reprochent de n'en citer que d'anciens. La République de Gènes, cherchant à subjuguer plus aisément les Corses, n'a pas trouvé de moyen plus sûr que d'établir chez eux une Académie. Il ne me seroit pas difficile d'allonger

rien n'eſt plus juſtement ſuſpect que l'honneur d'un poltron.

Tant de réflexions ſur la foibleſſe de notre nature, ne ſervent ſouvent qu'à nous détourner des entrepriſes généreuſes. A force de méditer ſur les miſeres de l'Humanité, notre imagition nous accable de leur poids, & trop de prévoyance nous ôte le courage, en nous ôtant la ſécurité. C'eſt bien en vain que nous prétendons nous munir contre les accidens imprévus, ſi la ſcience, « eſſayant de nous ar» mer de nouvelles défenſes con» tre les inconvéniens naturels, » nous a plus imprimé en la fan» taiſie leur grandeur & poids, » qu'elle n'a ſes raiſons & vaines » ſubtilités à nous en couvrir ».

---

cette note : mais ce ſeroit faire tort à l'intelligence des ſeuls Docteurs dont je me ſoucie.

Le goût de la philoſophie relâche tous les liens d'eſtime & de bienveuillance, qui attachent les hommes à la ſociété ; & c'eſt peut-être le plus dangereux des maux qu'elle engendre. Le charme de l'étude rend bien-tôt inſipide tout attachement. De plus, à force de réfléchir ſur l'Humanité, à force d'obſerver les hommes, le Philoſophe apprend à les apprécier ſelon leur valeur ; & il eſt difficile d'avoir bien de l'affection pour ce qu'on mépriſe. Bien-tôt il réunit en ſa perſonne tout l'intérêt que les hommes vertueux partagent avec leurs ſemblables : ſon mépris pour les autres tourne au profit de ſon orgueil : ſon amour-propre augmente en même proportion que ſon indifférence pour le reſte de l'Univers. La famille, la patrie, deviennent pour lui des mots vuides de ſens ; il n'eſt ni parent, ni citoyen, ni homme; il eſt Philoſophe.

En même tems que la culture des ſciences retire, en quelque ſorte, de la preſſe le cœur du Philoſophe, elle y engage, en un autre ſens, celui de l'homme de lettres; & toujours avec un égal préjudice pour la vertu. Tout homme qui s'occupe des talens agréables, veut plaire, être admiré; & il veut être admiré plus qu'un autre. Les applaudiſſemens publics appartiennent à lui ſeul: je dirois qu'il fait tout pour les obtenir, s'il ne faiſoit encore plus pour en priver ſes concurrens. Delà naiſſent, d'un côté, les rafinemens du goût & de la politeſſe, vile & baſſe flatterie, ſoins ſéducteurs, inſidieux, puériles, qui, à la longue, rappetiſſent l'ame, & corrompent le cœur; & de l'autre, les jalouſies, les rivalités, les haînes d'artiſtes ſi renommées, la perfide calomnie, la fourberie, la trahiſon, & tout ce que le vice a de plus lâche & de plus odieux. Si le Philoſophe mépriſe les hommes, l'artiſte s'en fait bien-tôt mépriſer, & tous deux concourent enfin à les rendre mépriſables.

Il y a plus ; & de toutes les vérités que j'ai propoſées à la conſidération des ſages, voici la plus étonnante & la plus cruelle. Nos écrivains regardent tous comme le chef-d'œuvre de la politique de notre ſiecle, les ſciences, les arts, le luxe, le commerce, les loix & les autres liens qui, reſſerrant entre les hommes les nœuds de la ſociété * par

---

* Je me plains de ce que la philoſophie relâche les liens de la ſociété, qui ſont formés par l'eſtime & la bienveuillance mutuelle ; & je

l'intérêt perſonnel, les mettent tous dans une dépendance mutuelle, leur donnent des beſoins réciproques & des intérêts communs; & obligent chacun d'eux de concourir au bonheur des autres, pour pouvoir faire le ſien. Ces idées ſont belles, ſans doute, & préſentées ſous un jour favorable: mais en les examinant avec attention & ſans partialité, on trouve beaucoup à rabattre des avantages qu'elles ſemblent préſenter d'abord.

C'eſt donc une choſe bien merveilleuſe que d'avoir mis les hommes dans l'impoſſibilité de vivre entr'eux, ſans ſe prévenir, ſe

---

me plains de ce que les ſciences, les arts & tous les autres objets de commerce reſſerrent les liens de la ſociété par l'intérêt perſonnel. C'eſt qu'en effet on ne peut reſſerrer un de ces liens, que l'autre ne ſe relâche d'autant. Il n'y a donc point en ceci de contradiction.

ſupplanter, ſe tromper, ſe détruire mutuellement! Il faut déſormais ſe garder de nous laiſſer jamais voir tels que nous ſommes: car pour deux hommes dont les intérêts s'accordent, cent mille peut-être leur ſont oppoſés; & il n'y a d'autres moyens pour réuſſir, que de tromper ou perdre tous ces gens-là. Voilà la ſource funeſte des violences, des trahiſons, des perfidies, & de toutes les horreurs qu'exige néceſſairement un état de choſes où chacun, feignant de travailler à la fortune ou à la réputation des autres, ne cherche qu'à élever la ſienne au-deſſus d'eux, & à leurs dépens.

Qu'avons-nous gagné à cela? Beaucoup de babil, des riches & des raiſonneurs, c'eſt-à-dire, des ennemis de la vertu & du ſens commun. En revanche, nous avons perdu l'innocence & les mœurs. La foule rempe dans la misere ; tous sont les esclaves du vice. Les crimes non commis sont déja dans le fond des cœurs, & il ne manque à leur exécution que l'assurance de l'impunité.

Étrange & funeste constitution, où les richesses accumulées facilitent toujours les moyens d'en accumuler de plus grandes, & où il est impossible à celui qui n'a rien, d'acquérir quelque chose; où l'homme de bien n'a nul moyen de sortir de la misere; où les plus frippons sont les plus honorés, & où il faut nécessairement renoncer à la vertu pour devenir honnête homme! Je sçais que les déclamateurs ont dit cent fois tout cela : mais ils le disoient en déclamant ; & moi, je le dis sur des raisons : ils ont apperçu le mal ; & moi, j'en découvre

couvre les caufes, & je fais voir fur-tout une chofe très-confolante & très-utile, en montrant que tous ces vices n'appartiennent pas tant à l'homme, qu'à l'homme mal gouverné *.

---

* Je remarque qu'il regne actuellement dans le monde une multitude de petites maximes, qui féduifent les fimples par un faux air de philofophie, & qui, outre cela, font très-commodes pour terminer les difputes d'un ton important & décifif, fans avoir befoin d'examiner la queftion. Telle eft celle-ci : « les hommes » ont par-tout les mêmes paffions ; par-tout » l'amour-propre & l'intérêt les conduifent : » donc ils font par-tout les mêmes ». Quand les Géometres ont fait une fuppofition, qui, de raifonnement en raifonnement, les conduit à une abfurdité, ils reviennent fur leurs pas, & démontrent ainfi la fuppofition fauffe. La même méthode, appliquée à la maxime en queftion, en montreroit aifément l'abfurdité : mais raifonnons autrement. Un Sauvage eft un homme, & un Européen eft un homme. Le demi-Philofophe conclut auffi-tôt que l'un ne vaut pas mieux que l'autre ; mais le Philofophe dit : en Europe, le gouvernement, les loix, les coutumes, l'intérêt, tout met les particuliers dans la néceffité de fe tromper mutuelle-

Telles ſont les vérités que j'ai développées, & que j'ai tâché de prouver dans les divers écrits que j'ai publiés ſur cette matiere.

---

ment & ſans ceſſe ; tout leur fait un devoir du vice ; il faut qu'ils ſoient méchans pour être ſages ; car il n'y a point de plus grande folie que de faire le bonheur des frippons aux dépens du ſien. Parmi les Sauvages, l'intérêt perſonnel parle auſſi fortement que parmi nous, mais il ne dit pas les mêmes choſes : l'amour de la ſociété, & le ſoin de leur commune défenſe, ſont les ſeuls liens qui les uniſſent : ce mot de *propriété*, qui coûte tant de crimes à nos honnêtes gens, n'a preſque aucun ſens parmi eux : ils n'ont entr'eux nulle diſcuſſion qui les diviſe ; rien ne les porte à ſe tromper l'un l'autre ; l'eſtime publique eſt le ſeul bien auquel chacun aſpire, & qu'ils méritent tous. Il eſt très-poſſible qu'un Sauvage faſſe une mauvaiſe action ; mais il n'eſt pas poſſible qu'il prenne l'habitude de mal faire ; car cela ne lui ſeroit bon à rien. Je crois qu'on peut faire une très-juſte eſtimation des mœurs des hommes ſur la multitude des affaires qu'ils ont entr'eux : plus ils commercent enſemble, plus ils admirent leurs talens & leur induſtrie, plus ils ſe fripponnent décemment & adroitement, & plus ils ſont dignes de mépris. Je le dis à regret ; l'homme de bien eſt celui qui n'a beſoin de tromper perſonne, & le Sauvage eſt cet homme-là :

Voici maintenant les conclusions que j'en ai tirées.

La science n'est point faite pour l'homme en général. Il s'égare sans cesse dans sa recherche ; & s'il l'obtient quelquefois, ce n'est presque jamais qu'à son préjudice. Il est né pour agir & penser, & non pour réflechir. La réflexion ne sert qu'à le rendre malheureux sans le rendre meilleur ni plus sage ; elle lui fait regretter les biens passés, & l'empêche de jouir du présent : elle lui présente l'avenir heureux pour le séduire par l'imagination, & le tourmenter par les desirs ; & l'avenir malheureux, pour le lui faire sentir d'avance. L'étude cor-

---

Illum non populi fasces, non purpura regum
Flexit, & infidos agitans discordia fratres ;
Non res Romanæ, perituraque regna ; neque ille
Aut doluit miserans inopem, aut invidit habenti.

rompt ses mœurs, altere sa santé, détruit son tempérament, & gâte souvent sa raison; si elle lui apprenoit quelque chose, je le trouverois encore fort mal dédommagé.

J'avoue qu'il y a quelques génies sublimes qui sçavent pénétrer à travers les voiles dont la vérité s'enveloppe; quelques ames privilégiées, capables de résister à la bétise de la vanité, à la basse jalousie & aux autres passions qu'engendre le goût des lettres. Le petit nombre de ceux qui ont le bonheur de réunir ces qualités, est la lumiere & l'honneur du genre humain; c'est à eux seuls qu'il convient, pour le bien de tous, de s'exercer à l'étude, & cette exception même confirme la regle: car si tous les hommes étoient des Socrate, la science alors ne leur seroit pas nuisible ; mais ils n'auroient aucun besoin d'elle.

Tout peuple qui a des mœurs, & qui par conséquent respecte ses loix, & ne veut point rafiner sur les anciens usages, doit se garantir avec soin des sciences, & sur-tout des Sçavans, dont les maximes sentencieuses & dogmatiques lui apprendroient bientôt à mépriser ses usages & ses loix ; ce qu'une nation ne peut jamais faire sans se corrompre. Le moindre changement dans les coutumes, fût-il même avantageux à certains égards, tourne toujours au préjudice des mœurs : car les coutumes sont la morale du peuple ; & dès qu'il cesse de les respecter, il n'a plus de regle que ses passions, ni de frein que les loix qui peuvent quelquefois contenir les méchans ; mais jamais les rendre bons. D'ailleurs, quand la philoſophie a une fois appris au peuple à mépriſer ſes coutumes, il trouve bien-tôt le ſecret d'éluder ſes loix. Je dis donc qu'il en eſt des mœurs d'un peuple comme de l'honneur d'un homme; c'eſt un tréſor qu'il faut conſerver, mais qu'on ne recouvre plus quand on l'a perdu *.

---

* Je trouve dans l'Hiſtoire un exemple unique, mais frappant, qui ſemble contredire cette maxime : c'eſt celui de la fondation de Rome, faite par une troupe de bandits, dont les deſcendans devinrent, en peu de générations, le plus vertueux peuple qui ait jamais exiſté. Je ne ſerois pas en peine d'expliquer ce fait, ſi c'en étoit ici le lieu : mais je me contenterai de remarquer que les fondateurs de Rome étoient moins des hommes dont les mœurs fuſſent corrompues, que des hommes dont les mœurs n'étoient point formées : ils ne mépriſoient pas la vertu, mais ils ne la connoiſſoient pas encore; car ces mots *vertus* & *vices* ſont des notions collectives qui ne naiſſent que de la fréquentation des hommes. Au ſurplus, on tireroit un mauvais parti de cette objection en faveur des ſciences : car, des deux premiers Rois de Rome, qui donnerent une forme à la République, & inſtituerent ſes coutumes & ſes mœurs,

Mais quand un peuple eſt une fois corrompu à un certain point, ſoit que les ſciences y aient contribué ou non, faut-il les bannir ou l'en préſerver, pour le rendre meilleur, ou pour l'empêcher de devenir pire ? C'eſt une autre queſtion dans laquelle je me ſuis poſitivement déclaré pour la négative. Car, premierement, puiſqu'un peuple vicieux ne revient jamais à la vertu, il ne s'agit pas de rendre bons ceux qui ne le ſont plus ; mais de conſerver tels ceux qui ont le bonheur de l'être. En ſecond lieu, les mêmes cauſes qui ont corrompu les peuples, ſervent quelquefois à prévenir une plus grande corruption ; c'eſt ainſi que celui qui s'eſt gâté le tempérament par un uſage indiſ-

---

l'un ne s'occupoit que de guerres, l'autre que des rits ſacrés ; les deux choſes du monde les plus éloignés de la philoſophie.

cret de la Médecine, eſt forcé de recourir encore aux Médecins pour ſe conſerver en vie; & c'eſt ainſi que les arts & les ſciences, après avoir fait éclore les vices, ſont néceſſaires pour les empêcher de ſe tourner en crimes; elles les couvrent au moins d'un vernis qui ne permet pas au poiſon de s'exhaler auſſi librement. Elles détruiſent la vertu, mais elles en laiſſent le ſimulacre public *, qui eſt toujours une belle choſe. Elles introduiſent à ſa place la politeſſe & les bienſéances, & à la crainte de paroître mé-

* Ce ſimulacre eſt une certaine douceur de mœurs qui ſupplée quelquefois à leur pureté; une certaine apparence d'ordre, qui prévient l'horrible confuſion; une certaine admiration des belles choſes, qui empêche les bonnes de tomber tout-à-fait dans l'oubli. C'eſt le vice qui prend le maſque de la vertu, non comme l'hypocriſie, pour tromper & trahir; mais pour s'ôter, ſous cette aimable & ſacrée effigie, l'horreur qu'il a de lui-même, quand il ſe voit à découvert.

chant, elles ſubſtituent celle de paroître ridicule.

Mon avis eſt donc, (& je l'ai déja dit plus d'une fois,) de laiſſer ſubſiſter, & même d'entretenir avec ſoin les Académies, les Colléges, les Univerſités, les Bibliothèques, les Spectacles & tous les autres amuſemens qui peuvent faire quelque diverſion à la méchanceté des hommes, & les empêcher d'occuper leur oiſiveté à des choſes plus dangereuſes : car dans une contrée où il ne ſeroit plus queſtion d'honnêtes gens, ni de bonnes mœurs, il vaudroit encore mieux vivre avec des fripons qu'avec des brigands.

Je demande maintenant où eſt la contradiction de cultiver moi-même des goûts dont j'approuve le progrès ? Il ne s'agit plus de porter les peuples à bien faire, il faut ſeulement les diſtraire de faire le mal ; il faut les occuper à des niaiſeries pour les détourner des mauvaiſes actions ; il faut les amuſer, au lieu de les prêcher. Si mes écrits ont édifié le petit nombre des bons, je leur ai fait tout le bien qui dépendoit de moi ; & c'eſt peut-être les ſervir utilement encore, que d'offrir aux autres des objets de diſtraction qui les empêchent de ſonger à eux. Je m'eſtimerois trop heureux d'avoir tous les jours une piece à faire ſiffler, ſi je pouvois, à ce prix, contenir pendant deux heures les mauvais deſſeins d'un ſeul des ſpectateurs, & ſauver l'honneur de la fille ou de la femme de ſon ami, le ſecret de ſon confident, ou la fortune de ſon créancier. Lorſqu'il n'y a plus de mœurs, il ne faut ſonger qu'à la police, & l'on ſçait aſſez que la Muſique & les Spectacles en ſont un des plus importans objets.

S'il reſte quelque difficulté à ma juſtification, j'oſe le dire hardiment, ce n'eſt vis-à-vis ni du Public, ni de mes adverſaires, c'eſt vis-à vis de moi ſeul : car ce n'eſt qu'en m'obſervant moi-même, que je puis juger ſi je dois me compter dans le petit nombre, & ſi mon ame eſt en état de ſoutenir le faix des exercices littéraires. J'en ai ſenti plus d'une fois le danger ; plus d'une fois je les ai abandonnés dans le deſſein de ne les plus reprendre, &, renonçant à leur charme ſéducteur, j'ai ſacrifié à la paix de mon cœur les ſeuls plaiſirs qui pouvoient encore le flatter. Si dans les langueurs qui m'accablent, ſi ſur la fin d'une carriere pénible & douloureuſe, j'ai oſé encore quelques momens reprendre ces exercices pour charmer mes maux, je crois au moins n'y avoir mis ni aſſez d'intérêt, ni aſſez de prétention, pour mériter à cet égard les juſtes reproches que j'ai faits aux gens de lettres.

Il me falloit une épreuve pour achever la connoiſſance de moi-même, & je l'ai faite ſans balancer. Après avoir reconnu la ſituation de mon ame dans les ſuccès littéraires, il me reſtoit à l'examiner dans les revers. Je ſçais maintenant qu'en penſer, & je puis mettre le Public au pire. Ma piece a eu le ſort qu'elle méritoit, & que j'avois prévu; mais à l'ennui près qu'elle m'a cauſé, je ſuis ſorti de la repréſentation bien plus content de moi, & à plus juſte titre, que ſi elle eût réuſſi.

Je conſeille donc à ceux qui ſont ſi ardens à chercher des reproches à me faire, de vouloir mieux étudier mes principes, & mieux obſerver ma conduite, avant que de m'y taxer de contradiction & d'inconséquence. S'ils s'appercevoient jamais que je commence à briguer les suffrages du Public, ou que je tire vanité d'avoir fait de jolies chansons, ou que je rougisse d'avoir écrit de mauvaises Comédies, ou que je cherche à nuire à la gloire de mes concurrens, ou que j'affecte de mal parler des grands-hommes de mon siecle, pour tâcher de m'élever à leur niveau, en les rabbaissant au mien, ou que j'aspire à des places d'Académie, ou que j'aille faire ma cour aux femmes qui donnent le ton, ou que j'encense la sottise des grands, ou que, cessant de vouloir vivre du travail de mes mains, je tienne à ignominie le métier que je me suis choisi, & fasse des pas vers la fortune; s'ils remarquent, en un mot, que l'amour de la réputation me fasse oublier celui de la vertu, je les prie de m'en avertir, & même publiquement, & je leur promets de jetter à l'instant au feu mes écrits & mes livres, & de convenir de toutes les erreurs qu'il leur plaira de me reprocher.

En attendant, j'écrirai des livres, je ferai des vers & de la Musique, si j'en ai le talent, le tems, la force & la volonté : je continuerai à dire très franchement tout le mal que je pense des lettres, & de ceux qui les cultivent *, & croirai n'en valoir pas

* J'admire combien la plupart des gens de lettres ont pris le change dans cette affaire-ci! Quand ils ont vu les sciences & les arts attaqués, ils ont cru qu'on en vouloit personnellement à eux, tandis que, sans se contredire eux-mêmes, ils pourroient tous penser, comme moi, que, quoique ces choses aient fait beaucoup de mal à la société, il est très-essentiel de s'en servir aujourd'hui comme d'une médecine au mal qu'elles ont causé, ou comme de ces

moins pour cela. Il eſt vrai qu'on pourroit dire quelque jour : cet ennemi ſi déclaré des ſciences & des arts, fit pourtant & publia des pieces de Théâtre ; & ce diſcours ſera, je l'avoue, une ſatyre très-amere, non de moi, mais de mon ſiecle.

---

animaux malfaiſans qu'il faut écraſer ſur la morſure. En un mot, il n'y a pas un homme de lettres qui, s'il peut ſoutenir dans ſa conduite l'article précédent, ne puiſſe dire en ſa faveur ce que je dis en la mienne ; & cette maniere de raiſonner me paroît leur convenir d'autant mieux, qu'entre nous, ils ſe ſoucient fort peu des ſciences, pourvu qu'elles continuent de mettre les Sçavans en honneur. C'eſt comme les Prêtres du Paganiſme, qui ne tenoient à la Religion qu'autant qu'elle les faiſoit reſpecter.

ACTEURS.

LISIMON.

VALERE, Fils de Liſimon.

LUCINDE, Fille de Liſimon.

ANGÉLIQUE, Sœur de Léandre, pupille de Liſimon.

LÉANDRE, Frere d'Angélique, pupille de Liſimon.

MARTON, Suivante.

FRONTIN, Valet de Valere.

La Scene eſt dans l'appartement de Valere.

L'AMANT

L'AMANT DE LUI-MÊME, COMÉDIE.

SCENE PREMIERE.

LUCINDE, MARTON.

LUCINDE.

JE viens de voir mon frere se promener dans le jardin ; hâtons-nous, avant son retour, de placer son portrait sur sa toilette.

MARTON.

Le voilà, Mademoiselle, changé dans ses ajustemens de maniere à le rendre méprisable. Quoiqu'il soit le plus joli homme du monde, il brille ici en femme encore avec de nouvelles graces.

LUCINDE.

Valere eſt, par ſa délicateſſe & par l'affectation de ſa parure, une eſpece de femme cachée ſous des habits d'homme; & ce portrait, ainſi traveſti, ſemble moins le déguiſer que le rendre à ſon état naturel.

MARTON.

Eh! bien, où eſt le mal? Puiſque les femmes aujourd'hui cherchent à ſe rapprocher des hommes, n'eſt-il pas convenable que ceux-ci faſſent la moitié du chemin, & qu'ils tâchent de gagner en agrémens autant qu'elles en ſolidité? Grace à la mode, tout s'en mettra plus aiſément de niveau.

LUCINDE.

Je ne puis me faire à des modes auſſi ridicules. Peut-être notre ſexe aura-t-il le bonheur de n'en plaire pas moins, quoiqu'il devienne plus eſtimable. Mais pour les hommes, je plains leur aveuglement. Que prétend cette Jeuneſſe étourdie en uſurpant tous nos droits? Eſperent-ils de mieux plaire aux femmes, en s'efforçant de leur reſſembler?

MARTON.

Pour celui-là, ils auroient tort, & elles se haïssent trop mutuellement pour aimer ce qui leur ressemble. Mais revenons au portrait. Ne craignez-vous point que cette petite raillerie ne fâche Monsieur le Chevalier ?

LUCINDE.

Non, Marton ; mon frere est naturellement bon : il est même raisonnable, à son défaut près. Il sentira qu'en lui faisant, par ce portrait, un reproche muet & badin, je n'ai songé qu'à le guérir d'un travers qui choque jusqu'à cette tendre Angélique, cette aimable pupille de mon pere, que Valere épouse aujourd'hui. C'est lui rendre service, que de corriger les défauts de son amant; & tu sçais combien j'ai besoin des soins de cette amie, pour me délivrer de Léandre son frere, que mon pere veut aussi me faire épouser.

MARTON.

Si bien que ce jeune inconnu, ce Cléonte, que vous vîtes l'été dernier à Passy, vous tient toujours au cœur ?

LUCINDE.

Je ne m'en défends point; je compte même ſur la parole qu'il m'a donnée de reparoître bien-tôt, & ſur la promeſſe que m'a fait Angélique d'engager ſon frere à renoncer à moi.

MARTON.

Bon! renoncer! Songez que vos yeux auront plus de force pour ſerrer cet engagement, qu'Angélique n'en ſçauroit avoir pour le rompre.

LUCINDE.

Sans diſputer ſur tes flatteries, je te dirai que, comme Léandre ne m'a jamais vue, il ſera aiſé à ſa ſœur de le prévenir, & de lui faire entendre que, ne pouvant être heureux avec une femme dont le cœur eſt engagé ailleurs, il ne ſçauroit mieux faire que de s'en dégager par un refus honnête.

MARTON.

Un refus honnête! Ah! Mademoiſelle, refuſer une femme faite comme vous, avec quarante mille écus, c'eſt une honnêteté dont jamais Léandre ne ſera capable. (*A part.*) Si elle ſçavoit que Léandre & Cléonte ne ſont que la même perſonne, un tel refus changeroit bien d'épithete.

LUCINDE.

Ah ! Marton, j'entends du bruit ; cachons vîte ce portrait. C'eſt ſans doute mon frere qui revient, & en nous amuſant à jaſer, nous nous ſommes ôté le loiſir d'exécuter notre projet.

MARTON.

Non ; c'eſt Angélique.

SCENE II.

ANGÉLIQUE, LUCINDE, MARTON.

ANGÉLIQUE.

MA chere Lucinde, vous ſçavez avec quelle répugnance je me prêtai à votre projet, quand vous fîtes changer la parure du portrait de Valere en des ajuſtemens de femme. A préſent que je vous vois prête à l'exécuter, je tremble que le déplaiſir de ſe voir jouer, ne l'indiſpoſe contre nous. Renonçons, je vous prie, à ce frivole badinage. Je ſens que je ne puis trouver de goût à m'égayer au riſque du repos de mon cœur.

LUCINDE.

Que vous êtes timide ! Valere vous aime trop pour prendre en mauvaiſe part tout ce qui viendra de la vôtre, tant que voùs ne ſerez que ſa maitreſſe. Songez que vous n'avez plus qu'un jour à donner carriere à vos fantaiſies, & que le tour des ſiennes ne viendra que trop tôt. D'ailleurs, il eſt queſtion de le guérir d'un foible qui l'expoſe à la raillerie ; & voilà proprement l'ouvrage d'une maitreſſe. Nous pouvons corriger les défauts d'un amant : mais hélas ! il faut ſupporter ceux d'un mari.

ANGÉLIQUE.

Que lui trouvez-vous, après tout, de ſi ridicule ? Puiſqu'il eſt aimable, a-t-il ſi grand tort de s'aimer ? & ne lui en donnons-nous pas l'exemple ? Il cherche à plaire. Ah ! ſi c'eſt un défaut, quelle vertu plus charmante un homme pourroit-il apporter dans la société ?

MARTON.

Sur-tout dans la société des femmes.

ANGÉLIQUE.

Enfin, Lucinde, si vous m'en croyez, nous supprimerons, & le portrait, & cet air de raillerie, qui peut aussi bien passer pour une insulte que pour une correction.

LUCINDE.

Oh ! non. Je ne perds pas ainsi les frais de mon industrie. Mais je veux courir seule les risques du succès, & rien ne vous oblige d'être complice dans une affaire dont vous pouvez n'être que témoin.

MARTON.

Belle distinction !

LUCINDE.

Je me réjouis de voir la contenance de Valere. De quelque maniere qu'il prenne la chose, cela sera toujours une scene assez plaisante.

MARTON.

J'entends. Le prétexte eſt de corriger Valere ; mais le vrai motif eſt de rire à ſes dépens. Voilà le génie & le bonheur des femmes. Elles corrigent ſouvent les ridicules, en ne ſongeant qu'à s'en amuſer.

ANGÉLIQUE.

Enfin, vous le voulez ; mais je vous avertis que vous me répondrez de l'événement.

LUCINDE.

Soit.

ANGÉLIQUE.

Depuis que nous ſommes enſemble, vous m'avez fait cent pieces dont je vous dois la punition. Si cette affaire-ci me cauſe la moindre tracaſſerie avec Valere, prenez garde à vous.

LUCINDE.

Oui, oui.

ANGÉLIQUE.

Songez un peu à Léandre.

LUCINDE.

Ah ! ma chere Angélique....

ANGÉLIQUE.

Oh ! ſi vous me brouillez avec votre frere, je vous jure que vous épouſerez le mien. (*Bas.*) Marton, vous m'avez promis le ſecret.

MARTON, *bas.*

Ne craignez rien.

LUCINDE.

Enfin, je.....

MARTON.

J'entends la voix du Chevalier. Prenez au plutôt votre parti, à moins que vous ne vouliez lui donner un cercle de filles à ſa toilette.

LUCINDE.

Il faut bien éviter qu'il nous apperçoive. (*Elle met le portrait ſur la toilette.*) Voilà le piége tendu.

MARTON.

Je veux un peu guetter mon homme, pour voir....

LUCINDE.

Paix. Sauvons-nous.

ANGÉLIQUE.

Que j'ai de mauvais pressentimens de tout ceci !

SCENE III.

VALERE, FRONTIN.

VALERE.

SANGARIDE, ce jour est un grand jour pour vous.

FRONTIN.

Sangaride ! c'est-à-dire, Angélique. Oui, c'est un grand jour que celui de la noce, & qui même allonge diablement tous ceux qui le suivent.

VALERE.

Que je vais goûter de plaisir à rendre Angélique heureuse !

FRONTIN.

Auriez-vous envie de la rendre veuve ?

VALERE.

Mauvais plaiſant !... Tu ſçais à quel point je l'aime. Dis-moi ; que connois-tu qui puiſſe manquer à ſa félicité ? Avec beaucoup d'amour, quelque peu d'eſprit, & une figure.... comme tu vois ; on peut, je penſe, ſe tenir toujours aſſez ſûr de plaire.

FRONTIN.

La choſe eſt indubitable, & vous en avez fait ſur vous-même la premiere expérience.

VALERE.

Ce que je plains en tout cela, c'eſt je ne ſçais combien de petites perſonnes que mon mariage fera ſécher de regret, & qui vont ne ſçavoir plus que faire de leur cœur.

FRONTIN.

Oh ! que ſi. Celles qui vous ont aimé, par exemple, s'occuperont à bien déteſter votre chere moitié. Les autres.... Mais où diable les prendre ces autres-là ?

VALERE.

La matinée s'avance : il eſt tems de

m'habiller pour aller voir Angélique. Allons. (*Il se met à la toilette.*) Comment me trouves-tu ce matin ? Je n'ai point de feu dans les yeux ; j'ai le teint battu ; il me semble que je ne suis point à l'ordinaire.

FRONTIN.

A l'ordinaire ! Non ; vous êtes seulement à votre ordinaire.

VALERE.

C'est une fort méchante habitude que l'usage du rouge ; à la fin je ne pourrai m'en passer, & je serai du dernier mal sans cela. Où est donc ma boëte à mouches ? Mais que vois-je là ? un portrait !... Ah ! Frontin, le charmant objet !... Où as-tu pris ce portrait ?

FRONTIN.

Moi ! je veux être pendu si je sçais de quoi vous me parlez.

VALERE.

Quoi ! ce n'est pas toi qui as mis ce portrait sur ma toilette ?

FRONTIN.

Non, que je meure.

VALERE.

Qui seroit-ce donc ?

FRONTIN.

Ma foi, je n'en sçais rien. Ce ne peut être que le diable, ou vous.

VALERE.

A d'autres! On t'a payé pour te taire... Sçais-tu bien que la comparaison de cet objet nuit à Angélique?... Voilà d'honneur la plus jolie figure que j'aie vue de ma vie. Quels yeux, Frontin!... Je crois qu'ils ressemblent aux miens.

FRONTIN.

C'est tout dire.

VALERE.

Je lui trouve beaucoup de mon air... Elle est, ma foi, charmante!... Ah! si l'esprit soutient tout cela.... Mais son goût me répond de son esprit. La friponne est connoisseuse en mérite.

FRONTIN.

Que diable ! Voyons donc toutes ces merveilles.

VALERE.

Tiens, tiens. Penses-tu me duper avec ton air niais ? Me crois-tu novice en aventures ?

FRONTIN, *à part.*

Ne me trompé-je point ? C'est lui.... c'est lui-même. Comme le voilà paré ! Que de fleurs ! Que de pompons ! C'est sans doute quelque tour de Lucinde : Marton y sera tout au moins de moitié. Ne troublons point leur badinage. Mes indiscrétions précédentes m'ont coûté trop cher.

VALERE.

Eh ! bien ? Monsieur Frontin reconnoît-il l'original de cette peinture ?

FRONTIN.

Pouh ! si je le connois ? Quelques centaines de coups de pied au cul, & autant de soufflets que j'ai eu l'honneur d'en recevoir en détail, ont bien cimenté la connoissance.

VALERE.

Une fille, des coups de pieds ! Cela eſt un peu gaillard.

FRONTIN.

Ce ſont de petites impatiences domeſtiques qui la prennent à propos de rien.

VALERE.

Comment ! l'aurois-tu ſervie ?

FRONTIN.

Oui, Monſieur ; & j'ai même l'honneur d'être toujours ſon très-humble ſerviteur.

VALERE.

Il ſeroit aſſez plaiſant qu'il y eût dans Paris une jolie femme qui ne fût pas de ma connoiſſance !... Parle-moi ſincerement. L'original eſt-il auſſi aimable que le portrait ?

FRONTIN.

Comment, aimable ! ſçavez-vous, Monſieur, que, ſi quelqu'un pouvoit approcher de vos perfections, je ne trouverois qu'elle ſeule à vous comparer.

VALERE, *considérant le portrait.*

Mon cœur n'y résiste pas.... Frontin, dis-moi le nom de cette Belle.

FRONTIN, *à part.*

Ah! ma foi, me voilà pris sans verd.

VALERE.

Comment s'appelle-t-elle? Parle donc.

FRONTIN.

Elle s'appelle.... elle s'appelle.... elle ne s'appelle point. C'est une fille anonyme, comme tant d'autres.

VALERE.

Dans quels tristes soupçons me jette ce coquin! Se pourroit-il que des traits aussi charmans ne fussent que ceux d'une grisette?

FRONTIN.

Pourquoi non? La beauté se plaît à parer des visages qui ne tirent leur fierté que d'elle.

VALERE.

Quoi! c'est....

FRONTIN.

Une petite personne bien coquette, bien

bien minaudiere, bien vaine ſans grand ſujet de l'être : en un mot, un vrai Petit-maître femelle.

VALERE.

Voilà comment ces faquins de valets parlent des gens qu'ils ont ſervis. Il faut voir cependant. Dis-moi où elle demeure.

FRONTIN.

Bon ! demeurer ! Eſt-ce que cela demeure jamais ?

VALERE.

Si tu m'impatientes.... Où loge-t-elle, maraud ?

FRONTIN.

Ma foi, Monſieur, à ne vous point mentir, vous le ſçavez tout auſſi-bien que moi.

VALERE.

Comment ?

FRONTIN.

Je vous jure que je ne connois pas mieux que vous l'original de ce portrait.

VALERE.

Ce n'eſt pas toi qui l'as placé là ?

FRONTIN.

Non, la peste m'étouffe.

VALERE.

Ces idées que tu m'en as données....

FRONTIN.

Ne voyez-vous pas que vous me les fournissez vous-même ? Est-ce qu'il y a quelqu'un dans le monde aussi ridicule que cela ?

VALERE.

Quoi ! je ne pourrai découvrir d'où vient ce portrait ! Le mystere & la difficulté irritent mon empressement. Car, je te l'avoue, j'en suis très-réellement épris.

FRONTIN, *à part.*

La chose est impayable ! le voilà amoureux de lui-même.

VALERE.

Cependant, Angélique, la charmante Angélique.... En vérité, je ne comprends rien à mon cœur, & je veux voir cette nouvelle maitresse, avant que de rien déterminer sur mon mariage.

FRONTIN.

Comment, Monſieur ! Vous ne.... Ah ! vous vous moquez.

VALERE.

Non, je te dis très-ſérieuſement que je ne ſçaurois offrir ma main à Angélique, tant que l'incertitude de mes ſentimens ſera un obſtacle à notre bonheur mutuel. Je ne puis l'épouſer aujourd'hui ; c'eſt un point réſolu,

FRONTIN.

Oui, chez vous. Mais Monſieur votre pere, qui a fait auſſi ſes petites réſolutions à part, eſt l'homme du monde le moins propre à céder aux vôtres. Vous ſçavez que ſon foible n'eſt pas la complaiſance.

VALERE.

Il faut la trouver à quelque prix que ce ſoit. Allons, Frontin, courons, cherchons par-tout.

FRONTIN.

Allons, courons, volons ; faiſons l'inventaire & le ſignalement de toutes les jolies filles de Paris. Peſte ! le bon petit livre que nous aurions là !

Livre rare, dont la lecture n'endormiroit pas.

VALERE.

Hâtons-nous. Viens achever de m'habiller.

FRONTIN.

Attendez ; voici tout à propos Monsieur votre pere. Proposons-lui d'être de la partie.

VALERE.

Tais-toi, bourreau. Le malheureux contre-tems !

SCENE IV.

LISIMON, VALERE, FRONTIN.

LISIMON, *qui doit toujours avoir le ton brusque.*

EH bien, mon fils ?

VALERE.

Frontin, un siége à Monsieur.

LISIMON.

Je veux rester debout. Je n'ai que deux mots à te dire.

VALERE.

Je ne sçaurois, Monsieur, vous écouter que vous ne soyez assis.

LISIMON.

Que diable! il ne me plaît pas, moi. Vous verrez que l'impertinent fera des complimens avec son pere!

VALERE.

Le respect....

LISIMON.

Oh! le respect consiste à m'obéir & à ne me point gêner. Mais, qu'est-ce? Encore en déshabillé! Un jour de noces! Voilà qui est joli! Angélique n'a donc point encore reçu ta visite?

VALERE.

J'achevois de me coëffer, & j'allois m'habiller pour me présenter décemment devant elle.

LISIMON.

Faut-il tant d'appareil pour nouer des cheveux & mettre un habit? Parbleu!

dans ma jeuneſſe, nous uſions mieux du tems, & ſans perdre les trois quarts de la journée à faire la roue devant un miroir, nous ſçavions à plus juſte titre avancer nos affaires auprès des Belles.

VALERE.

Il ſemble cependant que, quand on veut être aimé, on ne ſçauroit prendre trop de ſoin pour ſe rendre aimable, & qu'une parure ſi négligée ne devroit pas annoncer des amans bien occupés du ſoin de plaire.

LISIMON.

Pure ſottiſe. Un peu de négligence ſied quelquefois bien, quand on aime. Les femmes nous tenoient plus de compte de nos empreſſemens que du tems que nous aurions perdu à notre toilette; ſans affecter tant de délicateſſe dans la parure, nous en avions davantage dans le cœur. Mais laiſſons cela. J'avois penſé à différer ton mariage juſqu'à l'arrivée de Léandre, afin qu'il eût le plaiſir d'y aſſiſter, & que j'euſſe, moi, celui de faire tes noces & celles de ta ſœur en un même jour.

VALERE, *bas.*

Frontin, quel bonheur!

FRONTIN.

Oui, un mariage reculé; c'eſt toujours autant de gagné ſur le repentir.

LISIMON.

Qu'en dis-tu, Valere? Il ſemble qu'il ne feroit pas ſéant de marier la ſœur ſans attendre le frere, puiſqu'il eſt en chemin.

VALERE.

Je dis, mon pere, qu'on ne peut rien de mieux penſé.

LISIMON.

Ce délai ne te feroit donc pas de peine?

VALERE.

L'empreſſement de vous obéir ſurmontera toujours toutes mes répugnances.

LISIMON.

C'étoit pourtant dans la crainte de te mécontenter que je ne te l'avois pas propoſé.

VALERE.

Votre volonté n'eſt pas moins la règle de mes desirs que celle de mes actions. (*Bas.*) Frontin, quel bon homme de pere !

LISIMON.

Je suis charmé de te trouver si docile : tu en auras le mérite à bon marché ; car par une lettre que je reçois à l'instant, Léandre m'apprend qu'il arrive aujourd'hui.

VALERE.

Eh ! bien, mon pere ?

LISIMON.

Eh ! bien, mon fils ? Par ce moyen rien ne sera dérangé.

VALERE.

Comment, vous voudriez le marier en arrivant ?

FRONTIN.

Marier un homme tout botté !

LISIMON.

Non pas cela ; puisque, d'ailleurs, Lucinde & lui ne s'étant jamais vus, il faut bien leur laisser le loisir de faire connoissance ; mais il assistera au mariage de sa sœur, & je n'aurai pas la dureté de faire languir un fils aussi complaisant.

VALERE.

Monsieur....

LISIMON.

Ne crains rien ; je connois & j'approuve trop ton empressement, pour te jouer un aussi mauvais tour.

VALERE.

Mon pere....

LISIMON.

Laissons cela, te dis-je : je devine tout ce que tu pourrois me dire.

VALERE.

Mon.... mon pere,... j'ai fait.... des réflexions....

LISIMON.

Des réflexions, toi ! Je n'aurois pas deviné celui-là. Sur quoi donc, s'il vous plaît, roulent vos méditations sublimes ?

VALERE.

Sur les inconvéniens du mariage.

FRONTIN.

Voilà un texte qui fournit.

LISIMON.

Un sot peut réfléchir quelquefois ;

mais ce n'eſt jamais qu'après la ſottiſe. Je reconnois là mon fils.

VALERE.

Comment ! après la ſottiſe ! Mais je ne ſuis point encore marié.

LISIMON.

Apprenez, Monſieur le Philoſophe, qu'il n'y a nulle différence de ma volonté à l'acte. Vous pouviez moraliſer, quand je vous propoſai la choſe, & que vous en étiez vous-même ſi empreſſé. J'aurois de bon cœur écouté vos raiſons : car vous ſçavez ſi je ſuis complaiſant.

FRONTIN.

Oh ! oui, Monſieur, nous ſommes là-deſſus en état de vous rendre juſtice.

LISIMON.

Mais aujourd'hui que tout eſt arrêté, vous pouvez ſpéculer à votre aiſe, ce ſera, s'il vous plaît, ſans préjudice de la noce.

VALERE.

La crainte redouble ma répugnance. Songez, je vous ſupplie, à l'importance de l'affaire. Daignez m'accorder quelques jours.

LISIMON.

Adieu, mon fils ; tu feras marié ce foir, ou.... tu m'entends. Comme j'étois la dupe de la déférence du pendard !

SCENE V.

VALERE, FRONTIN.

VALERE.

Ciel ! dans quelle peine me jette fon infléxibilité !

FRONTIN.

Oui : marié ou déshérité ; époufer une femme ou la pauvreté : on balanceroit à moins.

VALERE.

Moi, balancer ! Non ; mon choix étoit encore incertain ; l'opiniâtreté de mon pere l'a déterminé.

FRONTIN.

En faveur d'Angélique ?

VALERE.

Tout au contraire.

FRONTIN.

Je vous félicite, Monſieur, d'une réſolution auſſi héroïque. Vous allez mourir de faim en digne martyr de la liberté. Mais s'il étoit queſtion d'épouſer le portrait?... Hem! le mariage ne vous paroîtroit plus ſi affreux?

VALERE.

Non; mais ſi mon pere prétendoit m'y forcer, je crois que j'y réſiſterois avec la même fermeté, & je ſens que mon cœur me rameneroit vers Angélique, ſi-tot qu'on m'en voudroit éloigner.

FRONTIN.

Quelle docilité! Si vous n'héritez pas des biens de Monſieur votre pere, vous hériterez au moins de ſes vertus. (*Regardant le portrait.*) Ah!

VALERE.

Qu'as-tu?

FRONTIN.

Depuis notre diſgrace, ce portrait

me ſemble avoir pris une phyſionomie famélique, un certain air allongé.

VALERE.

C'eſt trop perdre de tems à des impertinences. Nous devrions déja avoir couru la moitié de Paris.

(*Il ſort.*)

FRONTIN.

Au train dont vous allez, vous courrez bien-tôt les champs. Attendons, cependant, le dénouement de tout ceci; &, pour feindre de mon côté une recherche imaginaire, allons nous cacher dans un cabaret.

SCENE VI.

ANGÉLIQUE, MARTON.

MARTON.

AH, ah, ah, ah: la plaiſante ſcene! qui l'eût jamais prévue? Que vous avez perdu, Mademoiſelle, à n'être point ici cachée avec moi, quand il s'eſt ſi bien épris de ſes propres charmes!

ANGÉLIQUE.

Il s'eſt vu par mes yeux.

MARTON.

Quoi ! vous auriez la foibleſſe de conſerver des ſentimens pour un homme capable d'un pareil travers ?

ANGÉLIQUE.

Il te paroît donc bien coupable ? Qu'a-t-on, cependant, à lui reprocher que le vice univerſel de ſon âge ? Ne crois pas pourtant qu'inſenſible à l'outrage du Chevalier, je ſouffre qu'il me préfere ainſi le premier viſage qui le frappe agréablement. J'ai trop d'amour pour n'avoir pas de la délicateſſe : & Valere me ſacrifiera ſes folies dès ce jour, ou je ſacrifierai mon amour à ma raiſon.

MARTON.

Je crains bien que l'un ne ſoit auſſi difficile que l'autre.

ANGÉLIQUE.

Voici Lucinde. Mon frere doit arriver aujourd'hui. Prends bien garde qu'elle ne le ſoupçonne point d'être ſon inconnu juſqu'à ce qu'il en ſoit tems.

SCENE VII.

LUCINDE, ANGÉLIQUE, MARTON.

MARTON.

JE gage, Mademoiſelle, que vous ne devinerez jamais quel a été l'effet du portrait? Vous en rirez ſûrement.

LUCINDE.

Eh! Marton, laiſſons là le portrait; j'ai bien d'autres choſes en tête. Ma chere Angélique, je ſuis déſolée, je ſuis mourante. Voici l'inſtant où j'ai beſoin de tout votre ſecours. Mon pere vient de m'annoncer l'arrivée de Léandre. Il veut que je me diſpoſe à le recevoir aujourd'hui, & à lui donner la main dans huit jours.

ANGÉLIQUE.

Que trouvez-vous donc là de ſi terrible?

MARTON.

Comment, terrible? Vouloir marier

une belle perſonne de dix-huit ans avec un homme de vingt-deux, riche & bien fait ! En vérité, cela fait peur, & il n'y a point de fille en âge de raiſon, à qui l'idée d'un tel mariage ne donnât la fièvre.

LUCINDE.

Je ne veux rien vous cacher. J'ai reçu en même tems une lettre de Cléonte ; il ſera inceſſamment à Paris ; il va faire agir auprès de mon pere : il me conjure de différer mon mariage : enfin il m'aime toujours. Ah ! ma chere, ſerez-vous inſenſible aux allarmes de mon cœur ? & cette amitié que vous m'avez jurée....

ANGÉLIQUE.

Plus cette amitié m'eſt chere, & plus je dois ſouhaiter d'en voir reſſerrer les nœuds par votre mariage avec mon frere. Cependant, Lucinde, votre repos eſt le premier de mes deſirs ; & mes vœux ſont encore plus conformes aux vôtres que vous ne penſez.

LUCINDE.

Daignez donc vous rappeller vos promeſſes. Faites bien comprendre à

Léandre

Léandre que mon cœur ne ſçauroit être à lui ; que....

MARTON.

Mon Dieu ! ne jurons de rien. Les hommes ont tant de reſſources & les femmes tant d'inconſtance, que, ſi Léandre ſe mettoit bien dans la tête de vous plaire, je parie qu'il en viendroit à bout malgré vous.

LUCINDE.

Marton !

MARTON.

Je ne lui donne pas deux jours pour ſupplanter votre inconnu, ſans vous en laiſſer même le moindre regret.

LUCINDE.

Allons, continuez.... Chere Angélique, je compte ſur vos ſoins ; &, dans le trouble qui m'agite, je cours tout tenter auprès de mon pere, pour différer, s'il eſt poſſible, un hymen que la préoccupation de mon cœur me fait enviſager avec effroi.

(*Elle ſort.*)

ANGÉLIQUE.

Je devois l'arrêter. Mais Liſimon

n'eſt pas homme à céder aux ſollicitations de ſa fille, & toutes ſes prieres ne feront qu'affermir ce mariage, qu'elle-même ſouhaite d'autant plus qu'elle paroît le craindre. Si je me plais à jouir, pendant quelques inſtans, de ſes inquiétudes, c'eſt pour lui en rendre l'évènement plus doux. Quelle autre vengeance pourroit être autoriſée par l'amitié ?

MARTON.

Je vais la ſuivre; &, ſans trahir notre ſecret, l'empêcher, s'il ſe peut, de faire quelque folie.

SCENE VIII.

ANGÉLIQUE, *ſeule.*

INSENSÉE que je ſuis! mon eſprit s'occupe à des badineries, pendant que j'ai tant d'affaires avec mon cœur. Hélas! peut-être qu'en ce moment Valere confirme ſon infidélité. Peut-être qu'inſtruit de tout, & honteux de s'être laiſſé ſurprendre, il offre par dépit ſon cœur à quelqu'autre objet. Car voilà les hommes : ils ne ſe vengent jamais avec plus d'emportement, que quand ils ont le plus de tort. Mais le voici, bien occupé de ſon portrait.

SCENE IX.

ANGÉLIQUE, VALERE.

VALERE, *ſans voir Angélique.*

JE cours ſans ſçavoir où je dois chercher cet objet charmant. L'amour ne guidera-t-il point mes pas ?

ANGÉLIQUE, *à part.*

Ingrat ! il ne les conduit que trop bien.

VALERE.

Ainſi l'amour a toujours ſes peines. Il faut que je les éprouve à chercher la Beauté que j'aime, ne pouvant en trouver à me faire aimer.

ANGÉLIQUE, *à part.*

Quelle impertinence ! Hélas ! comment peut-on être ſi fat & ſi aimable tout à la fois ?

VALERE.

Il faut attendre Frontin ; il aura peut-être mieux réussi. En tout cas, Angélique m'adore....

ANGÉLIQUE, *à part.*

Ah ! traître, tu connois trop mon foible.

VALERE.

Après tout, je sens toujours que je ne perdrai rien auprès d'elle : le cœur, les appas, tout s'y trouve.

ANGÉLIQUE, *à part.*

Il me fera l'honneur de m'agréer pour son pis-aller.

VALERE.

Que j'éprouve de bisarrerie dans mes sentimens ! Je renonce à la possession d'un objet charmant & auquel dans le fond mon penchant me ramene encore. Je m'expose à la disgrace de mon pere pour m'entêter d'une Belle, peut-être indigne de mes soupirs, peut-être imaginaire, sur la seule foi d'un portrait tombé des nues & flatté à coup sûr. Quel caprice ! quelle folie ! Mais quoi ! La folie & les caprices ne sont-ils pas le relief d'un homme aimable ? (*Regardant le portrait.*) Que de graces !.... Quels traits !... Que cela eſt enchanté !... Que cela eſt divin ! Ah ! qu'Angélique ne ſe flatte pas de ſoutenir la comparaiſon avec tant de charmes.

ANGÉLIQUE, *ſaiſiſſant le portrait.*

Je n'ai garde aſſurément. Mais qu'il me ſoit permis de partager votre admiration. La connoiſſance des charmes de cette heureuſe rivale adoucira du moins la honte de ma défaite.

VALERE.

O Ciel !

ANGÉLIQUE.

Qu'avez-vous donc ? Vous paroiſſez tout interdit. Je n'aurois jamais cru qu'un petit-maître fût ſi aiſé à décontenancer.

VALERE.

Ah ! cruelle, vous connoiſſez tout l'aſcendant que vous avez ſur moi, & vous m'outragez ſans que je puiſſe répondre.

ANGÉLIQUE.

C'eſt fort mal fait, en vérité ; & régulierement vous devriez me dire des injures. Allez, Chevalier, j'ai pitié de votre embarras. Voilà votre portrait ; & je suis d'autant moins fâchée que vous en aimiez l'original, que vos sentimens sont sur ce point tout-à-fait d'accord avec les miens.

VALERE.

Quoi! vous connoissez la personne....

ANGÉLIQUE.

Non-seulement je la connois; mais je puis vous dire qu'elle est ce que j'ai de plus cher au monde.

VALERE.

Vraiment, voici du nouveau, & le langage est un peu singulier dans la bouche d'une rivale.

ANGÉLIQUE.

Je ne sçais; mais il est sincere. (*A part.*) S'il se pique, je triomphe.

VALERE.

Elle a donc bien du mérite?

ANGÉLIQUE.

Il ne tient qu'à elle d'en avoir infiniment.

VALERE.

Point de défauts, ſans doute ?

ANGÉLIQUE.

Oh ! beaucoup. C'eſt une petite perſonne biſarre, capricieuſe, éventée, étourdie, volage, & ſur-tout d'une vanité inſupportable. Mais, quoi ! elle eſt aimable avec tout cela, & je prédis d'avance que vous l'aimerez juſqu'au tombeau.

VALERE.

Vous y conſentez donc ?

ANGÉLIQUE.

Oui.

VALERE.

Cela ne vous fâchera point ?

ANGÉLIQUE.

Non.

VALERE, *à part.*

Son indifférence me déſeſpere. (*Haut.*) Oſerai-je me flatter qu'en ma faveur vous voudriez bien reſſerrer encore votre union avec elle ?

ANGÉLIQUE.

C'eſt tout ce que je demande.

VALERE, *outré.*

Vous dites tout cela avec une tranquillité qui me charme.

ANGÉLIQUE.

Comment donc ! vous vous plaigniez tout-à-l'heure de mon enjouement, & à préſent vous vous fâchez de mon ſang-froid ! Je ne ſçais plus quel ton prendre avec vous.

VALERE, *bas.*

Je crève de dépit. (*Haut.*) Mademoiſelle m'accordera-t-elle la faveur de me faire faire connoiſſance avec elle ?

ANGÉLIQUE.

Voilà, par exemple, un genre de ſervice que je ſuis bien sûre que vous n'attendez pas de moi : mais je veux paſſer votre eſpérance, & je vous le promets encore.

VALERE.

Ce ſera bien-tôt, au moins ?

ANGÉLIQUE.

Peut-être dès aujourd'hui.

VALERE.

Je n'y puis plus tenir.

(*Il veut s'en aller.*)

ANGÉLIQUE, *à part.*

Je commence à bien augurer de tout ceci ; il a trop de dépit pour n'avoir plus d'amour. (*Haut.*) Où allez-vous, Valere ?

VALERE.

Je vois que ma préſence vous gêne, & je vais vous céder la place.

ANGÉLIQUE.

Ah ! point. Je vais me retirer moi-même : il n'eſt pas juſte que je vous chaſſe de chez vous.

VALERE.

Allez, allez ; ſouvenez-vous que qui n'aime rien ne mérite pas d'être aimée.

ANGÉLIQUE.

Il vaut encore mieux n'aimer rien que d'être amoureux de ſoi-même.

SCENE X.

VALERE, *seul.*

AMOUREUX de soi-même ! Est-ce un crime de sentir un peu ce qu'on vaut ? Je suis cependant bien piqué. Est-il possible qu'on perde un amant tel que moi sans douleur ? On diroit qu'elle me regarde comme un homme ordinaire. Hélas ! je me déguise en vain le trouble de mon cœur, & je tremble de l'aimer encore après son inconstance. Mais non ; tout mon cœur n'est qu'à ce charmant objet. Courons tenter de nouvelles recherches, & joignons au soin de faire mon bonheur, celui d'exciter la jalousie d'Angélique. Mais voici Frontin.

SCENE XI.

VALERE; FRONTIN, *ivre.*

FRONTIN.

QUE diable! Je ne ſçais pourquoi je ne puis me tenir; j'ai pourtant fait de mon mieux pour prendre des forces.

VALERE,

Eh! bien, Frontin, as-tu trouvé....

FRONTIN.

Oh! oui, Monſieur.

VALERE.

Ah! Ciel, feroit-il poſſible?

FRONTIN.

Auſſi j'ai bien eu de la peine.

VALERE.

Hâte-toi donc de me dire....

FRONTIN.

Il m'a fallu courir tous les cabarets du quartier.

VALERE.

Des cabarets !

FRONTIN.

Mais j'ai réussi au-delà de mes espérances.

VALERE.

Conte-moi donc....

FRONTIN.

C'étoit un feu.... une mousse....

VALERE.

Que diable barbouille cet animal ?

FRONTIN.

Attendez que je reprenne la chose par ordre.

VALERE.

Tais-toi, ivrogne, faquin, ou réponds-moi sur les ordres que je t'ai donnés au sujet de l'original du portrait.

FRONTIN.

Ah ! oui, l'original ; justement. Réjouissez-vous, réjouissez-vous, vous dis-je.

VALERE.

Eh ! bien ?

FRONTIN.

Il n'eſt déja ni à la Croix-blanche, ni au Lion d'or, ni à la Pomme de pin, ni....

VALERE.

Bourreau, finiras-tu?

FRONTIN.

Patience. Puiſqu'il n'eſt pas là, il faut qu'il ſoit ailleurs; &.... Oh! je le trouverai, je le trouverai....

VALERE.

Il me prend des démangeaiſons de l'aſſommer; ſortons.

SCENE XII.

FRONTIN, *ſeul.*

ME voilà, en effet, aſſez joli garçon!.... Ce plancher eſt diablement raboteux. Où en étois-je? Ma foi, je n'y ſuis plus. Ah! ſi fait....

SCENE XIII.

LUCINDE, FRONTIN.

LUCINDE.

FRONTIN, où eſt ton Maître ?

FRONTIN.

Mais, je crois qu'il ſe cherche actuellement.

LUCINDE.

Comment ! il ſe cherche !

FRONTIN.

Oui, il ſe cherche pour s'épouſer.

LUCINDE.

Qu'eſt-ce que c'eſt que ce galimathias ?

FRONTIN.

Ce galimathias ! vous n'y comprenez donc rien ?

LUCINDE.

Non, en vérité.

FRONTIN.

Ma foi, ni moi non plus : je vais pourtant vous l'expliquer, si vous voulez.

LUCINDE.

Comment m'expliquer ce que tu ne comprends pas ?

FRONTIN.

Oh ! dame, j'ai fait mes études, moi.

LUCINDE.

Il est ivre, je crois. Eh ! Frontin, je t'en prie, rappelle un peu ton bon-sens ; tâche de te faire entendre.

FRONTIN.

Pardi, rien n'est plus aisé. Tenez. C'est un portrait.... métamor.... non, métaphor.... Oui, métaphorisé. C'est mon Maître, c'est une fille.... Vous avez fait un certain mélange.... Car j'ai deviné tout ça, moi. Eh ! bien, peut-on parler plus clairement ?

LUCINDE.

Non, cela n'est pas possible.

FRONTIN

Il n'y a que mon Maître qui n'y comprenne rien. Car il eſt devenu amoureux de la reſſemblance.

LUCINDE.

Quoi ! ſans ſe reconnoître ?

FRONTIN.

Oui, & c'eſt bien ce qu'il y a d'extraordinaire.

LUCINDE.

Ah ! je comprends tout le reſte. Et qui pouvoit prévoir cela ? Cours vîte, mon pauvre Frontin, vole chercher ton Maître, & dis-lui que j'ai les choſes les plus preſſantes à lui communiquer. Prends garde, ſur-tout, de ne lui point parler de tes divinations. Tiens, voilà pour....

FRONTIN.

Pour boire, n'eſt-ce pas ?

LUCINDE.

Oh ! non, tu n'en as pas beſoin.

FRONTIN.

Ce ſera par précaution.

SCENE

SCENE XIV.

LUCINDE, *seule.*

NE balançons pas un instant, avouons tout; &, quoi qu'il m'en puisse arriver, ne souffrons pas qu'un frere si cher se donne un ridicule, par les moyens mêmes que j'avois employés pour l'en guérir. Que je suis malheureuse! J'ai désobligé mon frere; mon pere, irrité de ma résistance, n'en est que plus absolu : mon amant, absent, n'est point en état de me secourir; je crains les trahisons d'une amie, & les précautions d'un homme que je ne puis souffrir : car je le hais sûrement, & je sens que je préférerois la mort à Léandre.

SCENE XV.

ANGÉLIQUE, LUCINDE, MARTON.

ANGÉLIQUE.

CONSOLEZ-VOUS, Lucinde ; Léandre ne veut pas vous faire mourir. Je vous avoue, cependant, qu'il a voulu vous voir ſans que vous le ſçuſſiez.

LUCINDE.

Hélas ! tant-pis.

ANGÉLIQUE.

Mais ſçavez-vous bien que voilà un tant-pis qui n'eſt pas trop modeſte ?

MARTON.

C'eſt une petite veine du ſang fraternel.

LUCINDE.

Mon Dieu ! que vous êtes méchante ! Après cela, qu'a-t-il dit ?

ANGÉLIQUE.

Il m'a dit qu'il ſeroit au déſeſpoir de vous obtenir contre votre gré.

MARTON.

Il a même ajoûté que votre réſiſtance lui faiſoit plaiſir en quelque maniére. Mais il a dit cela d'un certain air... Sçavez-vous qu'à bien juger de vos ſentimens pour lui, je gagerois qu'il n'eſt guère en reſte avec vous. Haïſſez-le toujours de même, il ne vous rendra pas mal le change.

LUCINDE.

Voilà une façon de m'obéir qui n'eſt pas trop polie.

MARTON.

Pour être poli avec nous autres femmes, il ne faut pas toujours être ſi obéiſſant.

ANGÉLIQUE.

La ſeule condition qu'il a miſe à ſa renonciation, eſt que vous recevrez ſa viſite d'adieu.

LUCINDE.

Oh! pour cela non; je l'en quitte.

ANGÉLIQUE.

Ah ! vous ne ſçauriez lui refuſer cela. C'eſt, d'ailleurs, un engagement que j'ai pris avec lui. Je vous avertis même confidemment qu'il compte beaucoup ſur le ſuccès de cette entrevue, & qu'il oſe eſpérer qu'après avoir paru à vos yeux, vous ne réſiſterez plus à cette alliance.

LUCINDE.

Il a donc bien de la vanité !

MARTON.

Il ſe flatte de vous apprivoiſer.

ANGÉLIQUE.

Et ce n'eſt que ſur cet eſpoir qu'il a conſenti au traité que je lui ai propoſé.

MARTON.

Je vous réponds qu'il n'accepte le marché, que parce qu'il eſt bien ſûr que vous ne le prendrez pas au mot.

LUCINDE.

Il faut être d'une fatuité bien inſupportable. Eh ! bien, il n'a qu'à paroître : je ſerai curieuſe de voir comment il s'y prendra pour étaler ſes charmes ;

& je vous donne ma parole qu'il ſera d'un air.... Faites-le venir.. Il a beſoin d'une leçon ; comptez qu'il la recevra... inſtructive.

ANGÉLIQUE.

Voyez-vous, ma chere Lucinde ! on ne tient pas tout ce qu'on ſe propoſe ; je gage que vous vous radoucirez.

MARTON,

Les hommes ſont furieuſement adroits ; vous verrez qu'on vous appaiſera.

LUCINDE.

Soyez-en repos là-deſſus.

ANGÉLIQUE.

Prenez-y garde au moins ; vous ne direz pas qu'on ne vous a point avertie.

MARTON.

Ce ne ſera pas notre faute, ſi vous vous laiſſez ſurprendre.

LUCINDE.

En vérité, je crois que vous voulez me faire devenir folle.

ANGÉLIQUE, *bas à Marton.*

La voilà au point. (*Haut.*) Puiſque

vous le voulez donc, Marton va vous l'amener.

LUCINDE.

Comment ?

MARTON.

Nous l'avons laiſſé dans l'anti-chambre ; il va être ici à l'inſtant.

LUCINDE.

O cher Cléonte ! que ne peux-tu voir la maniere dont je reçois tes rivaux ?

SCENE XVI.

ANGÉLIQUE, LUCINDE, MARTON, LÉANDRE.

ANGÉLIQUE.

APPROCHEZ, Léandre ; venez apprendre à Lucinde à mieux connoître ſon propre cœur : elle croit vous haïr, & va faire tous ſes efforts pour vous mal recevoir ; mais je vous réponds, moi, que toutes ces marques apparentes de haîne ſont en effet autant de preuves réelles de ſon amour pour vous.

LUCINDE, *toujours ſans regarder Léandre.*

Sur ce pied-là, il doit s'eſtimer bien favoriſé, je vous aſſure. Le mauvais petit eſprit !

ANGÉLIQUE.

Allons, Lucinde, faut-il que la colere vous empêche de regarder les gens ?

LÉANDRE.

Si mon amour excite votre haîne, connoiſſez combien je ſuis criminel.

(*Il ſe jette aux genoux de Lucinde.*)

LUCINDE.

Ah ! Cléonte ! Ah ! méchante Angélique !

LÉANDRE.

Léandre vous a trop déplu pour que j'oſe me prévaloir ſous ce nom des graces que j'ai reçues ſous celui de Cléonte. Mais ſi le motif de mon déguiſement en peut juſtifier l'effet, vous le pardonnerez à la délicateſſe d'un cœur, dont le foible eſt de vouloir être aimé pour lui-même.

LUCINDE.

Levez-vous, Léandre ; un excès de

délicateſſe n'offenſe que les cœurs qui en manquent, & le mien eſt auſſi content de l'épreuve, que le vôtre doit l'être du ſuccès. Mais vous, Angélique; ma chere Angélique a eu la cruauté de ſe faire un amuſement de mes peines!

ANGÉLIQUE.

Vraiment, il vous ſiéroit bien de vous plaindre! Hélas! vous êtes heureux l'un & l'autre, tandis que je ſuis en proie aux allarmes.

LÉANDRE.

Quoi! ma chere ſœur, vous avez ſongé à mon bonheur, pendant même que vous aviez des inquiétudes ſur le vôtre! Ah! c'eſt une bonté que je n'oublierai jamais.

(*Il lui baiſe la main.*)

SCENE XVII.

LÉANDRE, VALERE, ANGÉLIQUE, LUCINDE, MARTON.

VALERE.

QUE ma préſence ne vous gêne point. Comment, Mademoiſelle! Je ne connoiſſois pas toutes vos conquêtes, ni l'heureux objet de votre préférence; & j'aurai ſoin de me ſouvenir par humilité, qu'après avoir ſoupiré le plus conſtamment, Valere a été le plus maltraité.

ANGÉLIQUE.

Ce ſeroit mieux fait que vous ne penſez, & vous auriez beſoin en effet de quelques leçons de modeſtie.

VALERE.

Quoi! vous oſez joindre la raillerie à l'outrage! vous avez le front de vous applaudir, quand vous devriez mourir de honte!

ANGÉLIQUE.

Ah ! vous vous fâchez ! je vous laiſſe ; je n'aime pas les injures.

VALERE.

Non, vous demeurerez ; il faut que je jouiſſe de toute votre honte.

ANGÉLIQUE.

Eh ! bien, jouiſſez.

VALERE.

Car, j'eſpere que vous n'aurez pas la hardieſſe de tenter votre juſtification.

ANGÉLIQUE.

N'ayez pas peur.

VALERE.

Et que vous ne vous flattez pas que je conſerve encore les moindres ſentimens en votre faveur.

ANGÉLIQUE.

Mon opinion là-deſſus ne changera rien à la choſe.

VALERE.

Je vous déclare que je ne veux plus avoir pour vous que de la haîne.

ANGÉLIQUE.

C'eſt fort bien fait.

VALERE, *tirant le portrait.*

Et voici déſormais l'unique objet de tout mon amour.

ANGÉLIQUE.

Vous avez raiſon. Et moi je vous déclare que j'ai pour Monſieur, (*Montrant ſon frere.*) un attachement qui n'eſt guère inférieur au vôtre pour l'original de ce portrait.

VALERE.

L'ingrate ! Hélas ! il ne me reſte plus qu'à mourir !

ANGÉLIQUE.

Valere, écoutez. J'ai pitié de l'état où je vous vois. Vous devez convenir que vous êtes le plus injuſte des hommes, de vous emporter ſur une apparence d'infidélité, dont vous m'avez vous-même donné l'exemple ; mais ma bonté veut bien encore aujourd'hui paſſer vos travers.

VALERE.

Vous verrez qu'on me fera la grace de me pardonner !

ANGÉLIQUE.

En vérité, vous ne le méritez guère. Je vais cependant vous apprendre à quel prix je puis m'y réſoudre. Vous m'avez ci-devant témoigné des ſentimens que j'ai payés d'un retour trop tendre pour un ingrat. Malgré cela, vous m'avez indignement outragée par un amour extravagant, conçu ſur un ſimple portrait, avec toute la légéreté, & j'oſe dire, toute l'étourderie de votre âge & de votre caractere. Il n'eſt pas temps d'examiner ſi j'ai dû vous imiter; & ce n'eſt pas à vous, qui êtes coupable, qu'il conviendroit de blâmer ma conduite.

VALERE.

Ce n'eſt pas à moi, grands Dieux! Mais voyons où tendent ces beaux diſcours.

ANGÉLIQUE.

Le voici. Je vous ai dit que je connoiſſois l'objet de votre nouvel amour, & cela eſt vrai. J'ai ajoûté que je l'aimois tendrement; & cela n'eſt encore que trop vrai. En vous avouant ſon mérite, je ne vous ai point déguiſé ſes défauts. J'ai fait plus; je vous ai promis de vous le faire connoître; & je vous engage à préſent ma parole de le faire aujourd'hui, dès cette heure même: car je vous avertis qu'il eſt plus près de vous que vous ne penſez.

VALERE.

Qu'entends-je? Quoi! la....

ANGÉLIQUE.

Ne m'interrompez point, je vous prie. Enfin, la vérité me force encore à vous répéter, que cette perſonne vous aime avec ardeur, & je puis vous répondre de ſon attachement comme du mien propre. C'eſt à vous maintenant de choiſir, entr'elle & moi, celle à qui vous deſtinez toute votre tendreſſe : choiſiſſez, Chevalier : mais choiſiſſez dès cet inſtant, & ſans retour,

MARTON.

Le voilà, ma foi, bien embarraſſé ! L'alternative eſt plaiſante. Croyez-moi, Monſieur, choiſiſſez le portrait ; c'eſt le moyen d'être à l'abri des rivaux.

LUCINDE.

Ah ! Valere, faut-il balancer ſi long-temps pour ſuivre les impreſſions du cœur.

VALERE, *aux pieds d'Angélique, & jettant le portrait.*

C'en eſt fait ; vous avez vaincu, belle Angélique, & je ſens combien les ſentimens qui naiſſent du caprice ſont inférieurs à ceux que vous inſpirez. (*Marton ramaſſe le portrait.*) Mais, hélas ! quand tout mon cœur revient à vous, puis-je me flatter qu'il me ramenera le vôtre ?

ANGÉLIQUE.

Vous pourrez juger de ma reconnoiſſance par le ſacrifice que vous venez de me faire. Levez-vous, Valere, & considérez bien ces traits.

LEANDRE, *regardant aussi.*

Attendez donc ! Mais je crois reconnoître cet objet-là.... c'est.... oui, ma foi, c'est lui....

VALERE.

Qui ? lui ! Dites donc, elle. C'est une femme à qui je renonce comme à toutes les femmes de l'Univers, sur qui Angélique l'emportera toujours.

ANGÉLIQUE.

Oui, Valere ; c'étoit une femme jusqu'ici : mais j'espere que ce sera désormais un homme supérieur à ces petites foiblesses, qui dégradoient son sexe & son caractere.

VALERE.

Dans quelle étrange surprise vous me jettez !

ANGÉLIQUE.

Vous devriez d'autant moins méconnoître cet objet, que vous avez eu avec lui le commerce le plus intime, & qu'assurément on ne vous accusera pas de l'avoir négligé. Otez cette parure étrange que votre sœur y a fait ajoûter....

VALERE.

Ah ! que vois-je ?

MARTON.

La chose n'eſt-elle pas claire? Vous voyez le portrait, & voilà l'original.

VALERE.

O Ciel! & je ne meurs pas de honte!

MARTON.

Eh! Monſieur, vous êtes peut-être le ſeul de votre ordre qui la connoiſſez.

ANGÉLIQUE.

Ingrat! avois-je tort de vous dire que j'aimois l'original de ce portrait?

VALERE.

Et moi, je ne veux plus l'aimer que parce qu'il vous adore.

ANGÉLIQUE.

Vous voulez bien que, pour affermir notre réconciliation, je vous préſente Léandre mon frere?

LÉANDRE.

Souffrez, Monſieur....

VALERE.

Dieux! quel comble de félicité! Quoi! même quand j'étois ingrat, Angélique n'étoit pas infidelle!

LUCINDE.

Que je prends de part à votre bonheur! & que le mien même en eſt augmenté!

SCENE XVIII.

Les Acteurs précédens, LISIMON, FRONTIN.

LISIMON.

AH ! vous voici tous rassemblés fort à propos. Valere & Lucinde ayant tous deux résisté à leurs mariages, j'avois d'abord résolu de les y contraindre. Mais j'ai réfléchi qu'il faut quelquefois être bon pere, & que la violence ne fait pas toujours des mariages heureux. J'ai donc pris le parti de rompre dès aujourd'hui tout ce qui avoit été arrêté : & voici les nouveaux arrangemens que j'y substitue. Angélique m'épousera : Lucinde ira dans un Couvent : Valere sera déshérité ; & quant à vous, Léandre, vous prendrez patience, s'il vous plaît.

MARTON.

Fort bien, ma foi ! voilà qui est toisé, on ne peut mieux !

LISIMON.

LISIMON.

Qu'eſt-ce donc ? vous voilà tous interdits ! Eſt-ce que ce projet ne vous accommode pas ?

FRONTIN.

Voyez ſi pas un d'eux deſſerrera les dents ! La peſte des ſots amans & de la ſotte Jeuneſſe !

LISIMON.

Allons, vous ſçavez tous mes intentions ; vous n'avez qu'à vous y conformer.

LÉANDRE.

Eh ! Monſieur, daignez ſuſpendre votre courroux. Ne liſez-vous pas le repentir des coupables dans leurs yeux & dans leur embarras ? Et voulez-vous confondre les innocens dans la même punition ?

LISIMON.

Çà, je veux bien avoir la foibleſſe d'éprouver leur obéiſſance encore une fois. Voyons un peu. Eh ! bien, Monſieur Valere, faites-vous toujours des réflexions ?

VALERE.

Oui, mon pere; mais au lieu des peines du mariage, elles ne m'en offrent plus que les plaisirs.

LISIMON.

Oh! oh! vous avez bien changé de langage! & toi, Lucinde, aimes-tu toujours bien ta liberté?

LUCINDE.

Je sens, mon pere, qu'il peut être doux de la perdre sous les loix du devoir.

LISIMON.

Ah! les voilà tous raisonnables. J'en suis charmé. Embrassez-moi, mes enfans, & allons conclure ces heureux hyménées. Ce que c'est qu'un coup d'autorité frappé à propos!

VALERE.

Venez, belle Angélique; vous m'avez guéri d'un ridicule qui faisoit la honte de ma jeunesse; & je vais désormais éprouver près de vous, que, quand on aime bien, on ne songe plus à soi-même.

FIN.

LE DEVIN
DU VILLAGE,
INTERMEDE;

Représenté à Fontainebleau devant le Roi, les 18 & 24 Octobre 1752.

Et à Paris, par l'Académie Royale de Musique, le Jeudi 1 Mars 1753.

A MONSIEUR

DUCLOS,

HISTORIOGRAPHE DE FRANCE, l'un des Quarante de l'Académie Françoise, & des Inscriptions & Belles-Lettres.

Souffrez, Monsieur, que votre nom soit à la tête de cet Ouvrage, qui, sans vous, n'eût jamais paru. Ce sera ma premiere & unique Dédicace. Puisse-t-elle vous faire autant d'honneur qu'à moi !

Je suis, de tout mon cœur,

MONSIEUR,

Votre très-humble & très-obéissant serviteur,
J. J. Rousseau.

AVERTISSEMENT.

QUOIQUE j'aie approuvé les changemens que mes Amis jugerent à propos de faire à cet INTERMEDE, quand il fut joué à la Cour, & que son succès leur soit dû en grande partie, je n'ai pas jugé à propos de les adopter aujourd'hui, & cela par plusieurs raisons. La premiere est, que, puisque cet Ouvrage porte mon nom, il faut que ce soit le mien; dût-il en être plus mauvais: la seconde, que ces changemens pouvoient être fort bien en eux-mêmes, & ôter pourtant à la Piece cette unité si peu connue, qui seroit le chef-d'œuvre de l'Art, si l'on pouvoit la conserver sans répétitions & sans monotonie. Ma troisième raison est que, n'ayant fait cet Ouvrage que pour mon amusement, son vrai succès est de me plaire: or personne ne sçait mieux que moi comment il doit être pour me plaire le plus.

ACTEURS.

COLIN.

COLETTE.

LE DEVIN.

Troupe de jeunes Gens du Village.

LE DEVIN DU VILLAGE,

INTERMEDE.

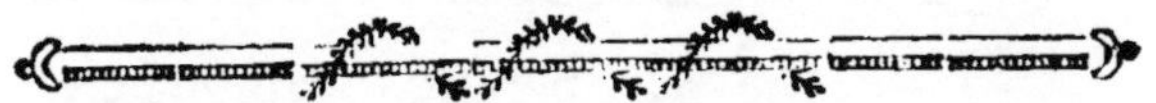

Le Théâtre repréſente, d'un côté, la Maiſon du Devin; de l'autre, des Arbres & des Fontaines; dans le fond, un Hameau.

SCENE PREMIERE.

COLETTE, *ſoupirant, & s'eſſuyant les yeux de ſon tablier.* *

J'AI perdu tout mon bonheur,
J'ai perdu mon Serviteur;
Colin me délaiſſe.

* On a cru, pour plus de commodité, devoir répéter les paroles ſous la Muſique.

Hélas ! il a pu changer !
Je voudrois n'y plus ſonger :
J'y ſonge ſans ceſſe.
J'ai perdu mon Serviteur,
J'ai perdu tout mon bonheur ;
Colin me délaiſſe.

ſer-vi-teur, J'ai per-du mon ſer-vi-

teur; Co-lin me dé--laiſ-ſe,
FIN.

Co-lin me dé-laiſ-ſe.

Hé-las! Il a pu chan-ger! Je vou-

drois n'y plus ſon-ger. Hé-las! hé-

las! hé-las! hé-las! Il a pu chan-

Il m'aimoit autrefois, & ce fut mon malheur.
Mais quelle eſt donc celle qu'il me préfere?
Elle eſt donc bien charmante! Imprudente Bergere,
Ne crains-tu point les maux que j'éprouve en ce jour?
Colin m'a pu changer; tu peux avoir ton tour!

Que me ſert d'y rêver ſans ceſſe ?
Rien ne peut guérir mon amour,
Et tout augmente ma triſteſſe.
J'ai perdu mon Serviteur,
J'ai perdu tout mon bonheur;
Colin me délaiſſe.
Je veux le haïr.... je le dois....
Peut-être il m'aime encor.... Pourquoi me fuir ſans ceſſe?
Il me cherchoit tant autrefois!
Le Devin du canton fait ici ſa demeure :
Il ſait tout; il ſçaura le ſort de mon amour.
Je le vois, & je veux m'éclaircir en ce jour.

SCENE II.

LE DEVIN, COLETTE.

(*Tandis que le Devin s'avance gravement, Colette compte dans sa main de la monnoie : puis elle la plie dans un papier, & la présente au Devin, après avoir un peu hésité à l'aborder.*)

COLETTE, *d'un air timide.*

PERDRAI-JE Colin sans retour?
Dites-moi s'il faut que je meure.

LE DEVIN, *gravement.*

Je lis dans votre cœur, & j'ai lu dans le sien.

COLETTE.

O Dieux!

LE DEVIN.

Moderez-vous.

COLETTE.

Eh bien!
Colin....

LE DEVIN.

Vous est infidele.

COLETTE.

Je me meurs.

LE DEVIN.

Et pourtant il vous aime toujours.

COLETTE, *vivement.*

Que dites-vous ?

LE DEVIN.

Plus adroite & moins belle,
La Dame de ces lieux....

COLETTE.

Il me quitte pour elle !

LE DEVIN.

Je vous l'ai déja dit : il vous aime toujours.

COLETTE, *triſtement.*

Et toujours il me fuit.

LE DEVIN.

Comptez ſur mon ſecours.
Je prétends à vos pieds ramener le volage.
Colin veut être brave ; il aime à ſe parer :
Sa vanité vous a fait un outrage
Que ſon amour doit réparer,

COLETTE.

Si des galans de la ville
J'euſſe écouté les diſcours,
Ah ! qu'il m'eût été facile
De former d'autres amours !

Miſe en riche Demoiſelle,
Je brillerois tous les jours;
De rubans & de dentelle
Je chargerois mes atours.

Pour l'amour de l'infidele,
J'ai refuſé mon bonheur;
J'aimois mieux être moins belle,
Et lui conſerver mon cœur.

COLETTE.

Miſe

Mise en ri-che Demoi - sel - le, je bril-
le-rois tous les jours : De ru - bans &
de den - tel - le Je char - ge-rois mes a-
tours. Si des Galans de la vil - le
J'eusse é - cou-té les dis- cours, Ah ! qu'il
m'eût é-té fa - ci - le De for - mer d'au-

tres a-mours! Pour l'a-mour de l'in-fi-

de-le, J'ai re-fu-sé mon bon-heur.

Doux.

J'ai-mois mieux ê-tre moins bel-le,

Et lui con-ser-ver mon cœur: J'aimois

mieux ê- tre moins bel-le, Et lui

con-ser-ver mon cœur. Si des Galans.

A la reprise, jusqu'au mot FIN.

LE DEVIN.

Je vous rendrai le sien : ce sera mon ouvrage.
Vous, à le mieux garder appliquez tous vos soins.
Pour vous faire aimer davantage,
Feignez d'aimer un peu moins.

L'Amour croît, s'il s'inquiette;
Il s'endort, s'il est content.
La Bergere un peu coquette
Rend le Berger plus constant.

LE DEVIN.

L'AMOUR croît, s'il s'inqui-

et- te; Il s'en- dort, s'il est con-

tent. L'Amour croît, s'il s'inqui - et - te;

Il s'en- dort, s'il est con- tent L'Amour

croît, s'il s'inqui - et - te; Il s'en-

dort, s'il est con - tent: Il s'en-

dort, s'il est con - tent, s'il est con-

tent. La Ber - gere un peu co-

quet- te Rend le Berger plus conf-

tant. La Bergere un peu co- quet-te Rend

le Ber - ger plus conſ - tant.
La Bergere un peu co - quet - te Rend
le Berger plus conſ - tant. L'Amour
croît, s'il s'inqui - et - te; Il s'endort, s'il eſt con - tent. L'Amour
croît, s'il s'in-qui - et - te; Il s'en-

dort, s'il eſt con - tent; Il s'en-

dort, s'il eſt con - tent, s'il eſt con-

tent. La Bergere un peu co - quet - te

Rend le Berger plus conſ - tant.

La Bergere un peu co - quet - te Rend

le Berger plus conſ - tant.

COLETTE.

A vos ſages leçons Colette s'abandonne.

LE DEVIN.

Avec Colin prenez un autre ton.

COLETTE.

Je feindrai d'imiter l'exemple qu'il me donne.

LE DEVIN.

Ne l'imitez pas tout de bon ;
Mais qu'il ne puiſſe le connoître.

Mon art m'apprend qu'il va paroître ;
Je vous appellerai, quand il en ſera tems.

SCENE III.

LE DEVIN.

J'AI tout ſçu de Colin ; & ces pauvres enfans
Admirent tous les deux la ſcience profonde
Qui me fait deviner tout ce qu'ils m'ont appris.
Leur amour à propos en ce jour me ſeconde ;
En les rendant heureux, il faut que je confonde
De la Dame du lieu les airs & les mépris.

SCENE IV.

LE DEVIN, COLIN.

COLIN.

L'Amour & vos leçons m'ont enfin rendu
sage ;
Je préfere Colette à des biens ſuperflus.
Je ſçus lui plaire en habit de village;
Sous un habit doré qu'obtiendrai-je de plus ?

LE DEVIN.

Colin, il n'eſt plus tems ; & Colette t'oublie.

COLIN.

Elle m'oublie, ô Ciel ! Colette a pu changer !

LE DEVIN

Elle eſt femme, jeune & jolie;
Manqueroit-elle à ſe venger ?

COLIN.

Non, non, Colette n'eſt point trompeuſe ;
Elle m'a promis ſa foi.
Peut-elle être l'amoureuſe
D'un autre Berger que moi ?

COLIN.

D.
NON, non, Co-let-te n'eſt
point trompeu-ſe; El-le m'a promis ſa
foi. Non, non, Co-let-te n'eſt
point trompeu-ſe; El-le m'a promis ſa
FIN.
foi; El-le m'a pro-mis ſa foi.
Peut-elle ê-tre l'a-mou-reu-ſe D'un au-

tre Ber-ger que moi? Peut-elle ê - tre l'amou-

reu - ſe D'un au - tre Ber - ger que

D'un air penſif.

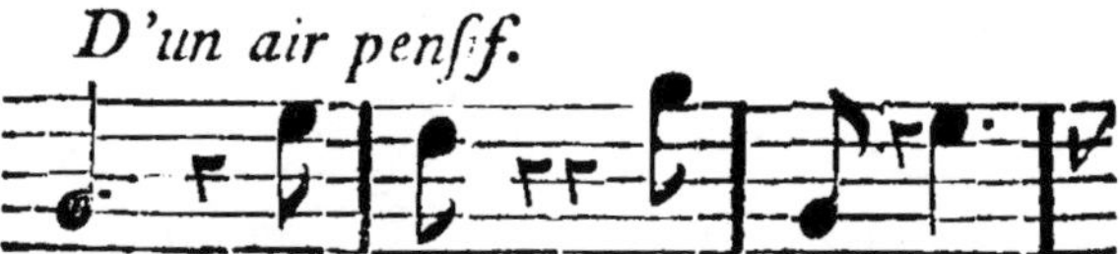

moi? Non, non, non, non, non,

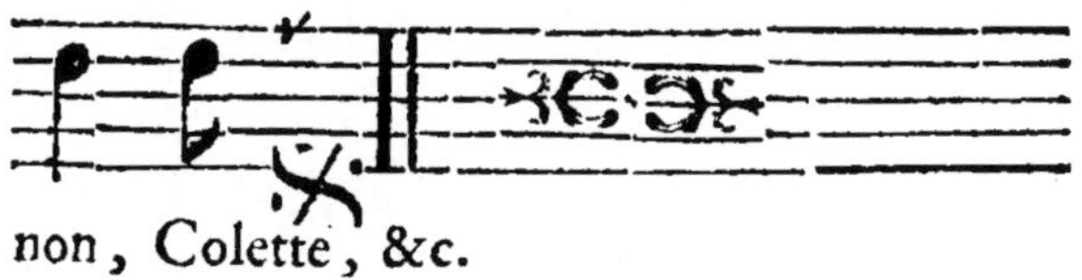

non, Colette, &c.

LE DEVIN

Ce n'eſt point un Berger qu'elle préfere à toi :
C'eſt un beau Monſieur de la ville.

COLIN.

Qui vous l'a dit?

LE DEVIN, *avec emphaſe.*

Mon art.

COLIN.

Je n'en sçaurois douter.
Hélas ! qu'il m'en va coûter,
Pour avoir été trop facile !
Aurois-je donc perdu Colette sans retour ?

LE DEVIN.

On sert mal à la fois la Fortune & l'Amour.
D'être si beau garçon quelquefois il en coûte.

COLIN.

De grace, apprenez-moi le moyen d'éviter
Le coup affreux que je redoute.

LE DEVIN.

Laisse-moi seul un moment consulter.

(*Le Devin tire de sa poche un livre de grimoire & un petit bâton de Jacob, avec lesquels il fait un charme. De jeunes Paysannes qui venoient le consulter, laissent tomber leurs présens, & se sauvent tout effrayées, en voyant ses contorsions.*)

LE DEVIN.

Le charme est fait. Colette en ce lieu va se rendre ;
Il faut ici l'attendre.

COLIN.

A l'appaiſer pourrai-je parvenir ?
Hélas ! voudra-t-elle m'entendre ?

LE DEVIN.

Avec un cœur fidele & tendre,
On a droit de tout obtenir.
(*A part.*)
Sur ce qu'elle doit dire allons la prévenir.

SCENE V.

COLIN.

JE vais revoir ma charmante maitreſſe.
Adieu, châteaux, grandeurs, richeſſe:
Votre éclat ne me tente plus.
Si mes pleurs, mes ſoins aſſidus
Peuvent toucher ce que j'adore,
Je vous verrai renaître encore,
Doux momens que j'ai perdus.

Quand on ſçait aimer & plaire,
A-t-on beſoin d'autre bien ?
Rends-moi ton cœur, ma Bergere;
Colin t'a rendu le ſien.

Mon chalumeau, ma houlette,
Soyez mes ſeules grandeurs:
Ma parure eſt ma Colette;
Mes tréſors ſont ſes faveurs.

Quand on ſçait, &c.

Que de Seigneurs d'importance
Voudroient bien avoir ſa foi!
Malgré toute leur puiſſance,
Ils ſont moins heureux que moi.

Quand on ſçait, &c.

COLIN.

clat ne me ten - te plus. Si mes
pleurs, mes ſoins aſ - ſi - - dus
Peu - vent tou - cher ce que j'a-
do - re, Je vous ver - - rai
re - naître en - co - re, Doux mo -
mens que j'ai per - dus;

Je vous ver - rai re - naître en -
co - re, Doux mo - mens que
j'ai per - dus.
D.
QUAND on ſçait ai - mer &
plai - re, A - t - on be - ſoin d'autre
bien? Rends - moi ton cœur, ma Ber -

ge-re; Co-lin t'a ren-du le
FIN.
sien. Mon cha-lu-meau, ma hou-
let-te, Soyez mes seules gran-deurs:
Ma pa-rure est ma Co-let-te;
Mes tré-sors sont ses fa-veurs.
Quand on sçait ai-mer & plai-re,

A-

A-t-on be- ſoin d'au-tre bien?

Rends-moi ton cœur, ma Ber-

ge-re; Co-lin t'a ren-du le

Ferme.

ſien. Que de Seigneurs d'im-por-

Plus doux.

tan-ce Vou-droient bien a-voir ſa

Soutenu avec emphaſe.

foi! Mal-gré tou-te leur puiſ-

SCENE VI.

COLIN ; COLETTE, *parée.*

COLIN, *à part.*

JE l'apperçois.... Je tremble en m'offrant à ſa
vue....
...Sauvons-nous... Je la perds, ſi je fuis...

COLETTE, *à part.*

Il me voit... Que je ſuis émue !
Que le cœur me bat !..

COLIN.

Je ne ſçais où j'en ſuis.

COLETTE.

Trop près, ſans y ſonger, je me ſuis approchée.

COLIN.

Je ne puis m'en dédire, il la faut aborder.

(*A Colette, d'un ton radouci, & d'un air moitié riant, moitié embarraſſé.*)

Ma Colette.... êtes-vous fâchée ?
Je ſuis Colin : daignez me regarder.

COLETTE.

Colin m'aimoit, Colin m'étoit fidele :
Je vous regarde, & ne vois plus Colin.

COLIN.

Mon cœur n'a point changé : mon erreur, trop cruelle,
Venoit d'un ſort jetté par quelque eſprit malin :
Le Devin l'a détruit. Je ſuis, malgré l'envie,
Toujours Colin, toujours plus amoureux.

COLETTE.

Par un ſort, à mon tour, je me ſens pourſuivie.
Le Devin n'y peut rien.

COLIN.

Que je ſuis malheureux!

COLETTE.

D'un Amant plus conſtant...

COLIN.

Ah ! de ma mort ſuivie
Votre infidélité....

COLETTE.

Vos ſoins ſont ſuperflus.
Non, Colin, je ne t'aime plus.

COLIN.

Ta foi ne m'eſt point ravie ;
Non : conſulte mieux ton cœur :
Toi-même, en m'ôtant la vie,
Tu perdrois tout ton bonheur.

COLIN.

COLETTE, *à part.*

(*A Colin.*)

Hélas ! Non, vous m'avez trahie.
Vos soins sont superflus.
Non, Colin, je ne t'aime plus.

COLIN.

C'en est donc fait ! Vous voulez que je meure ;
Et je vais pour jamais m'éloigner du hameau.

COLETTE, *rappellant Colin qui s'éloigne lentement.*

Colin !

COLIN.

Quoi ?

COLETTE.

Tu me fuis ?

COLIN.

Faut-il que je demeure,
Pour vous voir un amant nouveau ?

COLETTE.

Tant qu'à mon Colin j'ai sçu plaire,
Mon sort combloit mes desirs.

COLIN.

Quand je plaisois à ma Bergere,
Je vivois dans les plaisirs.

COLETTE.

Depuis que son cœur me méprise,
Un autre a gagné le mien.

COLIN.

Après les doux nœuds qu'elle brise,
Seroit-il un autre bien ?
(*D'un ton pénétré.*)
Ma Colette se dégage !

COLETTE.

Je crains un amant volage.

ENSEMBLE.

Je me dégage à mon tour.
Mon cœur, devenu paisible,
Oubliera, s'il est possible,
Que tu lui fus {cher / chere} un jour.

COLETTE. *Mesure andante.*

COLIN.

ſirs. Quand je plai - ſois à ma Ber-

ge-re, Je vi- vois dans les plai- ſirs.

COLETTE.

Depuis que ſon cœur me mé - pri - ſe,

Un au - tre a ga - gné le mien.

COLIN.

Après les doux nœuds qu'el - le bri - ſe,

D'un ton

Se - roit - il un au - tre bien? Ma Co-

pénétré.
COLETTE.
let-te se dé - - ga - ge! Je crains
un A - mant vo - - la - ge.
COLETTE. Ensemble. DUO.
Je me dé - ga - ge à mon
COLIN.
Je me dé - ga - ge à mon
tour, à mon tour. Mon cœur,
tour, à mon tour. Mon cœur,

de- ve- nu pai- ſi-ble, Ou-blie-
de- ve- nu pai- ſi-ble, Ou-blie-

ra, s'il eſt poſ- ſi-ble, Que tu
ra, s'il eſt poſ- ſi-ble, Que tu

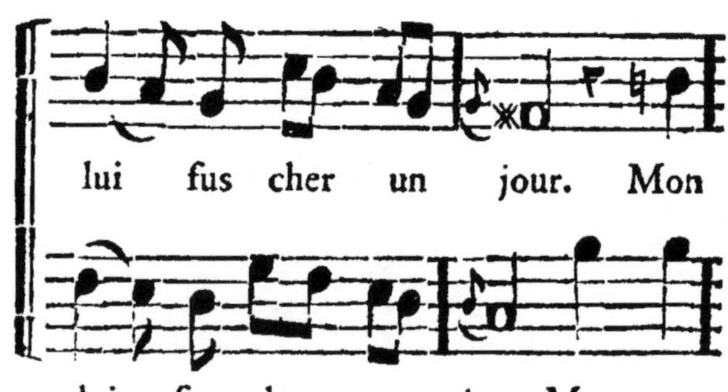
lui fus cher un jour. Mon
lui fus chere un jour. Mon cœur,

cœur, de - ve - nu pai - ſi - ble, Ou - blie -
de - ve - nu pai - ſi - ble, Ou - blie -

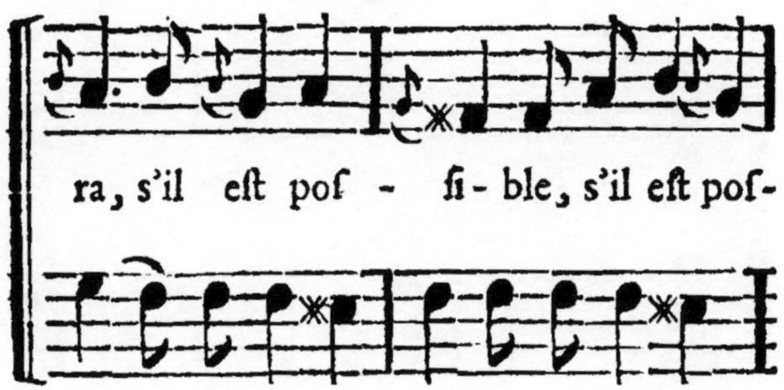
ra, s'il eſt poſ - ſi - ble, s'il eſt poſ -
ra, s'il eſt poſ - ſi - ble, s'il eſt poſ -

ſi - ble, Que tu lui fus cher un
ſi - ble, Que tu lui fus chere un

jour, Que tu lui fus cher un
jour, Que tu lui fus chere un
jour. Mon cœur, de - ve - nu pai-
jour. Mon cœur, de - ve - nu pai-

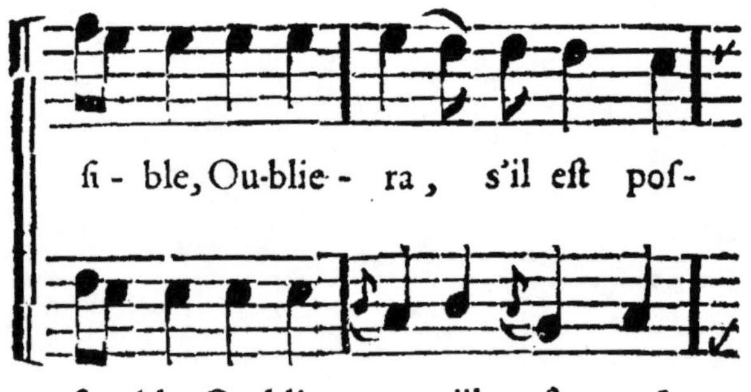
ſi - ble, Ou-blie - - ra, s'il eſt poſ-
ſi - ble, Ou-blie - ra, s'il eſt poſ-

ſi - ble, s'il eſt poſ- ſi - ble, Que tu
ſi - ble, s'il eſt poſ - ſi - ble, Que tu

lui fus cher un jour, Que tu
lui fus chere un jour, Que tu

lui fus cher un jour, Que tu
lui fus chere un jour, Que tu

lui fus chere un jour.

COLIN.

Quelque bonheur qu'on me promette
Dans les nœuds qui me ſont offerts,
J'euſſe encor préféré Colette
A tous les biens de l'Univers.

COLETTE.

Quoiqu'un Seigneur jeune, aimable,
Me parle aujourd'hui d'amour,
Colin m'eût ſemblé préférable
A tout l'éclat de la Cour.

COLIN, *tendrement.*

Ah ! Colette !

COLETTE, *avec un ſoupir.*

Ah ! Berger volage !
Faut-il t'aimer malgré moi ?

(Colin se jette aux pieds de Colette ; elle lui fait remarquer à son chapeau un ruban fort riche qu'il a reçu de la Dame. Colin le jette avec dédain. Colette lui en donne un plus simple, dont elle étoit parée, & qu'il reçoit avec transport.)

ENSEMBLE.

A jamais, Colin { je t'engage / t'engage }
{ Mon / Son } cœur & { ma / sa } foi.
Qu'un doux mariage
M'unisse avec toi.
Aimons-nous toujours sans partage :
Que l'amour soit notre loi.
A jamais, &c.

DUO.

lin t'en- ga-ge Son cœur & ſa

foi, ſon cœur & ſa foi,

A ja - mais, Co- lin, je t'en-
Son cœur & ſa foi,

ga-ge

- - - - - - - - - Qu'un

a-ge M'u-niſ-ſe a-vec toi; a

doux ma-ri - a - ge, Qu'un doux ma-ri-
- - - - Qu'un doux ma-ri-

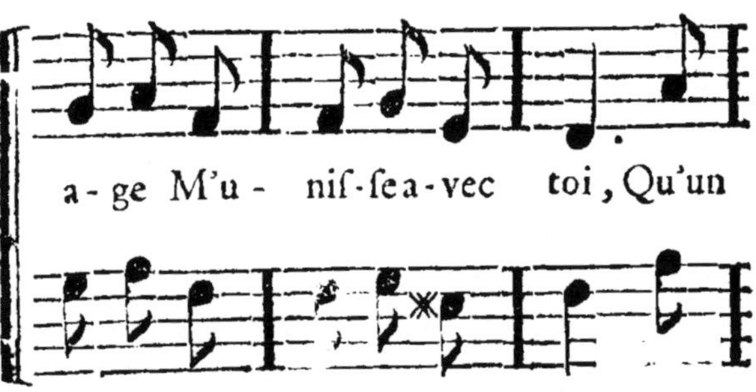
a - ge M'u - niſ-ſe a-vec toi, Qu'un
a - ge M'u - niſ-ſe a-vec toi, Qu'un

doux ma-ri - a - ge M'u - niſ-ſe a-vec
doux ma-ri - a - ge M'u - niſ-ſe a-vec

toi, - - - - M'unis - se a-vec
toi, - - - - M'unis - - se a-vec

toi, - - - - M'unis - se a-vec
toi, - - - - M'unis - - se a-vec

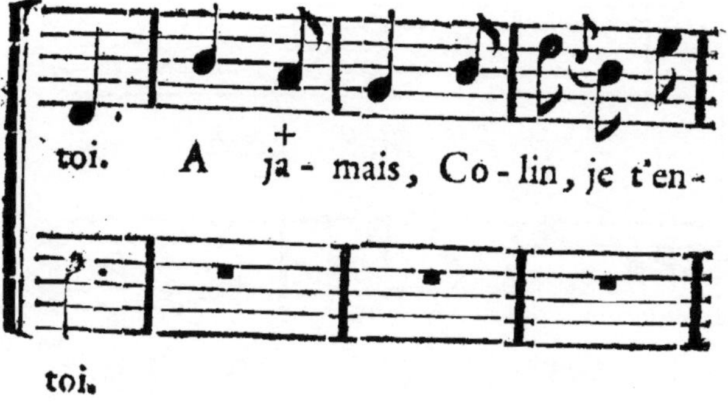
toi. A ja - mais, Co - lin, je t'en-
toi.

ga - ge Mon cœur & ma foi, Mon

cœur & ma foi, - - - -
A ja - mais Co -

- - - Mon cœur & ma
lin t'en - ga - ge Son cœur & sa

A demi-voix.
foi. Qu'un doux ma - ri - a- ge M'u-
A pleine voix.
foi, Son cœur, ſon
niſ-ſe a-vec toi; Qu'un doux ma-ri-
Doux.
cœur & ſa foi. Qu'un doux ma - ri -
a- ge M'u - niſ-ſe a-vec toi.
a- ge M'u- niſ-ſe a-vec toi.

A ja-
Fort.
A ja - mais Co - lin t'en-
mais, Co- lin, je t'en - ga - ge Mon
ga - ge Son cœur, - - - son
cœur & ma foi. Qu'un doux ma - ri-
cœur & sa foi. Qu'un doux ma-ri-

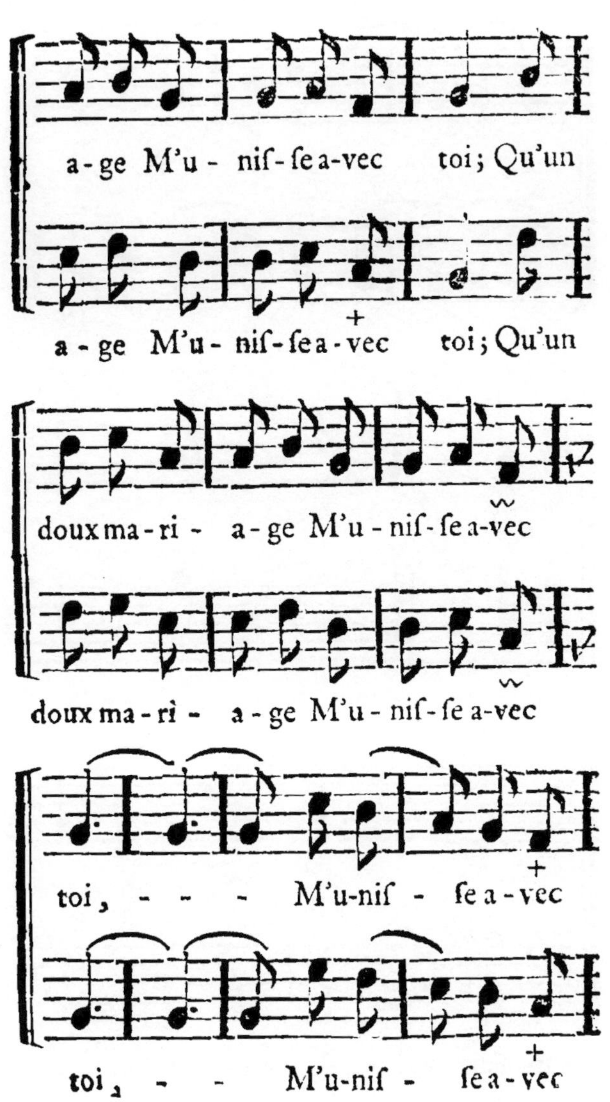
a-ge M'u - niſ-ſe a-vec toi; Qu'un
a - ge M'u- niſ-ſe a - vec toi; Qu'un
doux ma-ri - a-ge M'u - niſ-ſe a-vec
doux ma-ri - a-ge M'u - niſ-ſe a-vec
toi, - - - M'u-niſ - ſe a - vec
toi, - - M'u-niſ - ſe a - vec

toi, - - - M'uniſ - ſe a-vec
toi, - - M'u-niſ - ſe a-vec

toi.
FIN.
toi. Ai- mons tou-

jours ſans par - - ta-ge: Que l'a-

Que l'a-
mour soit no - tre loi. Que l'a-
mour soit no-tre loi.
mour soit no-tre loi. Aimons tou-
Que l'a-
jours sans par - - ta - ge.

mour soit no-tre loi. - - -
Qu'un doux ma - ri-

- - - - - - - - A la Reprise.
a - ge M'u - nisse a - vec toi. A la Repr.

SCENE VII.

LE DEVIN, COLIN, COLETTE.

LE DEVIN.

JE vous ai délivrés d'un cruel maléfice;
Vous vous aimez encor, malgré les envieux.

COLIN.

(*Ils offrent chacun un présent au Devin.*)
Quel don pourroit jamais payer un tel ſervice?

LE DEVIN, *recevant des deux mains.*

Je ſuis aſſez payé, ſi vous êtes heureux.

Venez, jeunes garçons; venez, aimables filles:
Raſſemblez-vous, venez les imiter.
Venez, galans Bergers; venez, Beautés gentilles,
En chantant leur bonheur, apprendre à le goûter.

LE DEVIN.

VENEZ, jeu - nes gar-

çons; ve - nez, ai - - ma - bles

fil - les: Raſ - ſemblez-vous, raſſemblez-

vous, raſſemblez-vous; ve - nez les i-mi-

ter. Ve - nez, ga - lans Ber-

gers; Ve - nez, Beau - tés gen-

til - les: Ve - nez, en chan-

tant leur bon - heur, apprendre à le goû-

ter, ap - prendre à le goû - ter.

SCENE VIII. ET DERNIERE.

LE DEVIN, COLIN, COLETTE, GARÇONS ET FILLES DU VILLAGE.

LE CHŒUR.

COLIN revient à fa Bergere ;
Célébrons un retour fi beau.
Que leur amitié fincere
Soit un charme toujours nouveau.
Du Devin de notre Village
Chantons le pouvoir éclatant :
Il ramene un amant volage,
Et le rend heureux & conftant.

COLIN.

ROMANCE.

Dans ma cabane obfcure,
Toujours foucis nouveaux ;
Vent, foleil, ou froidure,
Toujours peine & travaux.

Colette, ma Bergere,
Si tu viens l'habiter,
Colin dans ſa chaumiere
N'a rien à regretter.

Des champs, de la prairie
Retournant chaque ſoir;
Chaque ſoir plus chérie,
Je viendrai te revoir:
Du ſoleil, dans nos plaines,
Devançant le retour,
Je charmerai mes peines,
En chantant notre amour.

COLIN.

(*On danſe.*)

LE DEVIN.

Il faut tous à l'envi
Nous ſignaler ici;

Si

Si je ne puis sauter ainsi,
Je dirai, pour ma part, une chanson nouvelle.
(*Il tire une chanson de sa poche.*)

I.

L'art à l'Amour est favorable,
Et sans art l'Amour sçait charmer;
A la ville, on est plus aimable;
Au village, on sçait mieux aimer.
Ah! pour l'ordinaire,
L'Amour ne sçait guère
Ce qu'il permet, ce qu'il défend:
C'est un enfant, c'est un enfant.

COLIN, *répete le refrain.*

Ah! pour l'ordinaire,
L'Amour ne sçait guère
Ce qu'il permet, ce qu'il défend:
C'est un enfant, c'est un enfant.

LE DEVIN.

mer; A la vil-le, on eſt plus ai-

mable: Au vil-la-ge, on ſçait mieux ai-

mer. Ah! pour l'or-di-nai-re,

L'Amour ne ſçait gue-re Ce qu'il per-

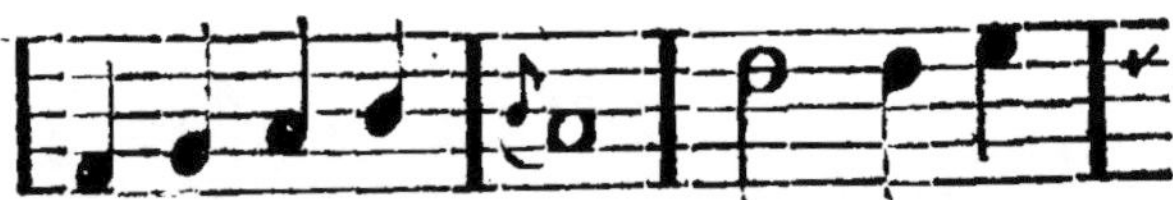

met, ce qu'il dé-fend: C'eſt un en-

fant, C'eſt un en-fant.

COLIN, *regardant la chanſon.*

Elle a d'autres couplets : je la trouve aſſez belle.

COLETTE, *avec empreſſement.*

Voyons, voyons : nous chanterons auſſi.

(*Elle prend la chanſon.*)

II.

Ici, de la ſimple nature
L'Amour ſuit la naïveté ;
En d'autres lieux, de la parure
Il cherche l'éclat emprunté.
Ah ! pour l'ordinaire,
L'Amour ne ſçait guère
Ce qu'il permet, ce qu'il défend :
C'eſt un enfant, c'eſt un enfant.

CHŒUR.

C'eſt un enfant, c'eſt un enfant.

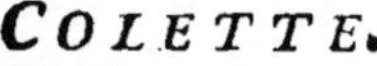

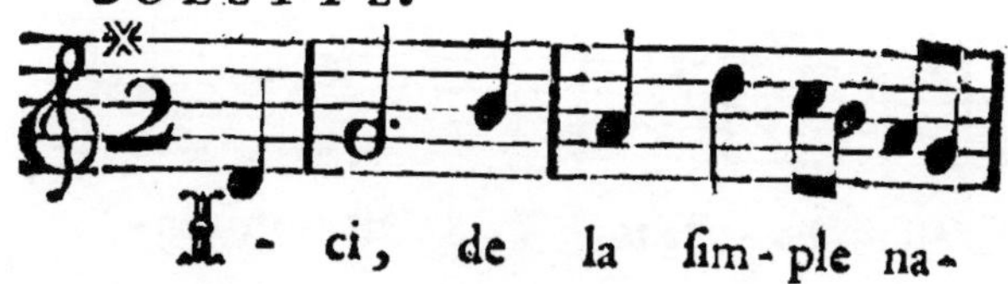

té; En d'au-tres lieux, de la pa-
rure Il cherche l'é-clat em-prun-té.
Ah! pour l'or-di-nai-re, L'Amour ne ſçait
gue-re Ce qu'il per-met, ce qu'il dé-fend:
Doux. Fort.
C'eſt un en-fant, c'eſt un enfant.

COLIN.

III.

Souvent une flamme chérie
Eſt celle d'un cœur ingénu :
Souvent par la coquetterie
Un cœur volage eſt retenu.
Ah ! pour l'ordinaire, &c.

(*A la fin de chaque couplet, le Chœur répete ce vers.*)

C'eſt un enfant, c'eſt un enfant.

LE DEVIN.

IV.

L'Amour, ſelon ſa fantaiſie,
Ordonne & diſpoſe de nous :
Ce Dieu permet la jalouſie,
Et ce Dieu punit les jaloux.

Ah ! pour l'ordinaire, &c.

COLIN.

V.

A voltiger de Belle en Belle,
On perd ſouvent l'heureux inſtant ;
Souvent un Berger trop fidele
Eſt moins aimé qu'un inconſtant.

Ah ! pour l'ordinaire, &c.

COLETTE.

VI.

A ſon caprice on eſt en bute:
Il veut les ris, il veut les pleurs;
Par les.... par les....

COLIN, *lui aidant à lire.*

Par les rigueurs on le rebute.

COLETTE.

On l'affoiblit par les faveurs.

ENSEMBLE.

Ah! pour l'ordinaire,
L'Amour ne ſçait guère
Ce qu'il permet, ce qu'il défend:
C'eſt un enfant, c'eſt un enfant.

CHŒUR.

C'eſt un enfant, c'eſt un enfant.

(*On danſe.*)

COLETTE.

Avec l'objet de mes amours,
Rien ne m'afflige, tout m'enchante;
Sans ceſſe il rit, toujours je chante:
C'eſt une chaîne d'heureux jours.

Quand on sçait bien aimer, que la vie est charmante!
Tel, au milieu des fleurs qui brillent sur son cours,
Un doux ruisseau coule & serpente.
Quand on sçait bien aimer, que la vie est charmante!

(*On danse.*)

COLETTE.

A-VEC l'ob-jet de mes a-

mours, Rien ne m'af-fli-ge, tout m'en-

chan-te; Sans cesse il

rit, tou-jours je chan-te; Sans

cesse il rit, tou - jours je chan-te:

- - ne, C'est u - ne

chaîne d'heureux jours. Sans cesse il

rit, tou-jours je chan-te:

C'est u- ne chaî-ne d'heu-reux

Doux.

jours. Sans cesse il rit, toujours je

Fort.

chan-te: C'est u-ne chaî-ne

d'heureux jours. A-vec l'ob-jet de

mes a- mours, Rien ne m'af-

fli - ge, tout m'en - chan - te;

Sans ceſſe il rit, tou - jours je

chan - te; Sans ceſſe il rit, tou-

jours je chan - te: C'eſt u - ne

chaîne d'heureux jours, C'eſt u - ne

chaî-ne d'heu-reux jours, C'est
u-ne chaî - - - - - - -
- - - - - - - - - -
- - - - - - - - -
- - - - - - - ne,
C'est u-ne chaî- ne d'heureux jours.

Sans cesse il rit, tou-jours je
chan-te: C'est u-ne
chaî-ne d'heureux jours. Sans cesse il
rit, tou-jours je chante: C'est
FIN.
u-ne chaî-ne d'heureux jours.
Majeur.
3
8
QUAND on sçait bien ai-

mer, que la . vie eſt char - man - te !

Quand on ſçait bien ai - mer, que la

vie eſt char - man - te ! Tel, au mi-

lieu des fleurs qui bril - lent

ſur ſon cours, Un doux ruiſ-

ſeau cou - le & ſer - pen - te,

Un doux ruiſ - ſeau cou-
- - - le & ſer - pen-te. Quand on
ſçait bien ai - mer, que la vie eſt char-
man-te! Quand on ſçait bien aimer, que la vie eſt char- man - te!
A - vec, &c. à la Repriſe,
juſqu'au mot FIN.

COLETTE.

Allons danſer ſous les ormeaux :
Animez-vous, jeunes Fillettes.
Allons danſer ſous les ormeaux :
Galans, prenez vos chalumeaux.

(Les VILLAGEOISES *répetent ces quatre vers.*)

COLETTE.

Répétons mille chanſonnettes :
Et, pour avoir le cœur joyeux,
Danſons avec nos amoureux :
Mais n'y reſtons jamais ſeulettes.

Allons danſer ſous les ormeaux, &c.

LES VILLAGEOISES.

Allons danſer ſous les ormeaux, &c.

COLETTE.

ALLONS dan-ſer ſous les or-

meaux : A-ni-mez - vous, jeu - nes fil-

let-tes. Allons dan-ſer ſous les or-

meaux: Galans, pre-nez vos cha-lu-

meaux. Ré-pé-tons mil-le chan-ſon-

net-tes; Et, pour a-voir le cœur jo-

yeux, Dan-ſons a-vec nos a-mou-reux:

Mais, n'y reſ-tons ja-mais ſeu-let-tes. All.

Da capo.

COLETTE.

COLETTE.

A la ville, on fait bien plus de fracas ;
Mais ſont-ils auſſi gais dans leurs ébats ?
Toujours contens,
Toujours chantans ;
Beauté ſans fard,
Plaiſir ſans art ;
Tous leurs concerts valent-ils nos muſettes ?
Allons danſer ſous les ormeaux, &c.

LES VILLAGEOISES.

Allons danſer ſous les ormeaux, &c.

COLETTE.

tans; Plai-ſir ſans art, Beau-té ſans

fard; Tous leurs concerts valent-ils nos mu-

ſet-tes? Al-lons danſer, &c. *Da Capo.*

Fin du Devin du Village.

PIGMALION,
SCENE LYRIQUE.

PIGMALION,

SCENE LYRIQUE.

Le Théâtre représente un attelier de Sculpteur : sur les côtés on voit des blocs de marbre , des groupes , des Statues ébauchées. Dans le fond est une autre Statue cachée sous un pavillon d'une étoffe légere & brillante , ornée de crépines & de guirlandes , &c.

Pigmalion, assis & accoudé, rêve dans l'attitude d'un homme inquiet & triste : puis, se levant tout-à-coup , il prend sur une table les outils de son état , va donner par intervalles quelques coups de ciseaux sur quelques-unes de ses ébauches , se recule , & regarde d'un air mécontent & découragé.

PIGMALION.

IL n'y a point là d'ame, ni de vie.... ce n'eſt que de la pierre ; je ne ferai jamais rien de tout cela!... O mon génie, où es-tu ? Mon talent, qu'es-tu devenu ? Tout mon feu s'eſt éteint.... Mon imagination s'eſt glacée : le marbre ſort froid de mes mains.... Pigmalion ne fait plus de Dieux.... Tu n'es qu'un vulgaire Artiſte.

Vils inſtrumens, qui n'êtes plus ceux de ma gloire, allez, ne déshonorez point mes mains.

(*Il jette avec dédain ſes outils, puis ſe promene quelque tems, en rêvant, les bras croiſés.*)

Que ſuis-je devenu ? Quelle étrange révolution s'eſt faite en moi ? Tyr, ville opulente & ſuperbe, les monumens des arts, dont tu brilles, ne m'attirent plus ; j'ai perdu le goût que je prenois à les admirer ; le commerce des Artiſtes & des Philoſophes me devient inſipide. L'entretien des Peintres & des Poëtes eſt ſans attraits pour moi. La louange & la gloire n'élevent plus mon ame.... Les éloges de ceux qui en recevront de la poſtérité, ne me touchent plus; l'amitié même a perdu pour moi ſes charmes.

Et vous, jeunes objets, chef-d'œuvres de la nature, que mon art oſoit imiter, & ſur les pas deſquels les plaiſirs m'attiroient ſans ceſſe; vous, mes charmans modèles, qui m'embrâſiez, à la fois, des feux de l'amour & du génie, depuis que je vous ai ſurpaſſés, vous m'êtes tous indifférens.

(Il s'aſſied & contemple tout autour de lui.)

Retenu dans cet attelier par un charme inconcevable, je n'y ſçais rien faire & je ne puis m'en éloigner.... J'erre de groupe en groupe, de figure en figure.... Mon ciſeau foible, incertain, ne reconnoît plus ſon guide. Ces ouvrages groſſiers, reſtés à leurs timides ébauches, ne ſentent plus la main qui jadis les ont animés....

(*Il ſe leve impétueuſement.*)

C'en eſt fait, c'en eſt fait; j'ai perdu mon génie... Si jeune encore... je ſurvis à mon talent!... Mais quelle eſt donc cette ardeur interne qui me dévore ? Qu'ai-je en moi qui ſemble m'embrâſer ? Quoi ! dans la langueur d'un génie éteint, ſent-on les émotions, ſent-on les élans des paſſions impétueuſes, cette inquiétude inſurmontable, cette agitation ſecrette qui me tourmente, & dont je ne puis démêler la cauſe ? J'ai craint que l'admiration de mon propre ouvrage ne causât la diſtraction que j'apportois à mes travaux.... Je l'ai caché ſous ce voile : mes profanes mains ont oſé couvri ce monument de leur gloire. Depuis que je ne le vois plus, je ſuis plus triſte, & ne ſuis plus attentif.

Qu'il va m'être cher, qu'il va m'être précieux, cet immortel ouvrage ! Quand mon esprit éteint ne produira plus rien de grand, de beau, de digne de moi ; je montrerai ma Galathée, & je dirai : voilà ce que fit autrefois Pigmalion.... O ma Galathée, quand j'aurai tout perdu, tu me resteras, & je serai consolé.

(*Il s'approche du pavillon, puis se retire, va, vient, & s'arrête quelquefois à la regarder en soupirant.*)

Mais pourquoi la cacher ? Qu'est-ce que j'y gagne ? Réduit à l'oisiveté, pourquoi m'ôter le plaisir de contempler la plus belle de mes œuvres ? Peut-être y reste-t-il quelque défaut que je n'ai pas remarqué. Peut-être pourrai-je encore ajoûter quelqu'ornement à sa parure : aucune grace imaginable ne doit manquer à un objet si charmant ; peut-être cet objet ranimera-t-il mon imagination languissante : il la faut revoir, l'examiner de nouveau. Que dis-je ? Eh ! je ne l'ai point encore examinée. Je n'ai fait jusqu'ici que l'admirer.

(*Il va pour lever le voile, & le laisse retomber comme effrayé.*)

Je ne sçais quelle émotion j'éprouve en touchant ce voile. Une frayeur me saisit. Je crois toucher au sanctuaire de quelque Divinité. Insensé ! c'est une pierre.... c'est ton ouvrage. Qu'importe ? On sert des Dieux dans nos Temples, qui ne sont pas d'une autre matiere, & n'ont point été faits d'une autre main.

(*Il leve le voile en tremblant & se prosterne : on voit la Statue de Galathée posée sur un piédestal fort petit, mais exhaussé par un gradin de marbre formé de quelques marches demi-circulaires.*)

O Galathée ! recevez mon hommage. Oui, je me suis trompé : j'ai voulu vous faire Nymphe, & je vous ai fait

Déesse; Vénus même est moins belle que vous.

Vanité ! foiblesse humaine ! Je ne puis me lasser d'admirer mon ouvrage. Je m'enivre d'amour-propre : je m'adore dans ce que j'ai fait. Non, jamais rien de si beau ne parut dans la nature; j'ai passé l'ouvrage des Dieux. Quoi! tant de beautés sortent de mes mains! Mes mains les ont donc touchées! Ma bouche a donc pu!... Pigmalion!... Je vois un défaut. Ce vêtement couvre trop le nud, il faut l'échancrer davantage. Les charmes qu'il recele doivent être mieux annoncés.

(*Il prend son maillet & son ciseau; puis, s'avançant lentement, il monte, en hésitant, les gradins de la Statue, qu'il semble n'oser toucher; enfin, le ciseau déja levé, il s'arrête.*)

Quel tremblement ! Quel trouble! Je tiens le ciseau d'une main mal-assurée.... Je ne puis.... Je n'ose.... Je gâterois tout.

(*Il s'encourage ; & enfin, présentant son ciseau, il en donne un coup ; &, saisi d'effroi, il le laisse tomber en poussant un grand cri.*)

Dieux ! je sens la chair palpitante repousser le ciseau !

(*Il redescend tremblant & confus.*)

Vaine terreur ! Fol aveuglement ! Non, je n'y toucherai point ; les Dieux m'épouvantent. Sans doute, elle est déja consacrée à leur rang.

(*Il la considere de nouveau.*)

Que veux-tu changer ? Regarde, quels nouveaux charmes veux-tu lui donner ?... Ah ! c'est sa perfection qui fait son défaut.... Divine Galathée ! moins parfaite, il ne te manqueroit rien.

(*Tendrement.*)

Mais il te manque une ame : ta figure ne peut s'en passer.

(*Avec plus d'attendrissement encore.*)

Que l'ame faite pour animer un tel corps, doit être belle !

(*Il s'arrête long-tems ; puis, retournant s'asseoir, il dit d'une voix lente & changée.*)

Quels desirs osé-je former ! Quels vœux insensés ! Qu'est-ce que je sens ? O Ciel ! le voile de l'illusion tombe, & je n'ose voir dans mon cœur : j'aurois trop à m'en indigner.

(*Longue pause dans un profond accablement.*)

Voilà donc la noble passion qui m'égare ! C'est donc pour cet objet inanimé que je n'ose sortir d'ici ? Un marbre, une pierre, une masse informe & dure, travaillée avec ce fer ! Insensé, rentre en toi-même, gémis sur toi, vois ton erreur, vois ta folie.... Mais non....

(*Impétueusement.*)

Non, je n'ai point perdu le sens : non, je n'extravague point : non, je ne me reproche rien. Ce n'est point de ce marbre mort que je suis épris ; c'est d'un être vivant qui lui reſſemble, c'eſt de la figure qu'il offre à mes yeux. En quelque lieu que ſoit cette figure adorable, quelque corps qui la porte, & quelque main qui l'ait faite, elle aura tous les vœux de mon cœur. Oui, ma ſeule folie eſt de diſcerner la beauté: mon ſeul crime eſt d'y être ſenſible. Il n'y a rien là dont je doive rougir.

(*Moins vivement, mais toujours avec paſſion.*)

Quels traits de feu ſemblent ſortir de cet objet pour embrâſer mes ſens, & retourner avec mon ame à leur ſource. Hélas! il reſte immobile & froid, tandis que mon cœur embrâſé par ſes charmes voudroit quitter mon corps pour aller échauffer le ſien. Je crois dans mon délire pouvoir m'élancer hors de moi, je crois pouvoir lui donner ma vie, & l'animer de mon ame. Ah! que Pigmalion meure pour vivre dans Galathée! Que dis-je? ô Ciel! Si j'étois elle, je ne la verrois pas, je ne ſerois pas celui qui l'aime. Non, que ma Galathée vive, & que je ne ſois pas elle. Ah ! que je ſois toujours un autre, pour vouloir toujours être elle, pour la voir, pour l'aimer, pour en être aimé.

(*Tranſport.*)

Tourmens, vœux, deſirs, rage impuiſſante, amour terrible, amour funeſte!... Oh ! tout l'enfer eſt dans mon cœur agité ! Dieux puiſſans, Dieux bienfaiſans, Dieux du peuple, qui connûtes les paſſions des hommes ! Ah ! vous avez tant fait de prodiges pour de moindres cauſes ! Voyez cet objet, voyez mon cœur, ſoyez juſtes, & méritez vos autels.

(*Avec un enthouſiaſme plus pathétique.*)

Et toi, ſublime eſſence, qui te caches aux ſens, & te fais ſentir aux cœurs, ame de l'Univers, principe de toute exiſtence ; toi qui par l'amour donne l'harmonie aux élémens, la vie à la matiere, le ſentiment aux corps, & la forme à tous les êtres; feu ſacré... céleſte Venus, par qui tout ſe conſerve & ſe reproduit ſans ceſſe; ah! où eſt ton équilibre? où eſt ta force expanſive? où eſt la loi de la nature dans le ſentiment que j'éprouve? où eſt ta chaleur vivifiante dans l'égarement de mes vains deſirs? Tous tes feux ſont concentrés dans mon ame, & le froid de la mort rentre ſur ce marbre! Je péris par l'excès de vie qui lui manque.... Hélas! je n'attends point un prodige. Il exiſte, il doit ceſſer: l'ordre eſt troublé, la nature eſt outragée; rends leur empire à ſes loix, rétablis ſon cours bienfaiſant, & verſe également ta divine influence. Oui, deux êtres manquent à la plénitude des choſes: partage-leur cette ardeur dévorante, qui conſume l'un ſans animer l'autre. C'eſt toi qui formas par ma main ces charmes & ces traits, qui n'attendent que

le

le ſentiment & la vie ; donne-lui la moitié de la mienne ; donne-lui tout, s'il le faut. Il me ſuffira de vivre en elle. O toi, qui daignes ſourire aux hommages des mortels ; ce qui ne ſent rien, ne t'honore pas ; étends ta gloire avec tes œuvres : Déeſſe de la Béauté, épargne cet affront à la nature, qu'un ſi parfait modèle ſoit l'image de ce qui n'eſt pas.

(*Il revient lentement à lui par degrés, avec un mouvement d'aſſurance & de joie.*)

Je reprends mes ſens : quel calme inattendu ! Quel courage ineſpéré me ranime ! Une fiévre mortelle embrâſoit mon ſang : un baume de confiance & d'eſpoir coule dans mes veines, je crois me ſentir renaître.

Ainſi le ſentiment de notre dépendance ſert quelquefois à notre conſolation : quelque malheureux que ſoient les mortels, quand ils ont invoqué les Dieux, ils ſont plus tranquilles.

Mais cette injuſte confiance trompe ceux qui font des vœux inſenſés. Hélas! dans l'état où je ſuis, on invoque tout, & rien ne nous écoute : l'eſpoir qui nous abuſe eſt plus inſenſé que le deſir.

Honteux de tant d'égaremens, je n'oſe plus même en contempler la cauſe. Quand je veux lever les yeux ſur cet objet fatal, je ſens un nouveau trouble; une palpitation me ſuffoque, une ſecrette frayeur m'arrête.

(*Ironie amere.*)

Eh ! regarde malheureux, deviens intrépide, oſe fixer une Statue.

(*Il la voit s'animer, & ſe détourne ſaiſi d'effroi & le cœur ſerré de douleur.*)

Qu'ai-je vu, Dieux ? Qu'ai-je cru voir ? le coloris des chairs, un feu dans les yeux, des mouvemens même : ce n'étoit pas aſſez d'eſpérer le prodige; pour comble de miſere, enfin je l'ai vu.

(*Excès d'accablement.*)

Infortuné, c'en eſt donc fait! ton délire

est à son dernier terme, ta raison t'abandonne ainsi que ton génie. Ne la regrette point, ô Pigmalion ! sa perte couvrira ton opprobre.

(*Vive indignation.*)

Il est trop heureux pour l'amant d'une pierre, de devenir un homme à visions.

(*Il se retourne & voit la Statue se mouvoir, & descendre elle-même les gradins par lesquels il a monté sur le piédestal ; il se jette à genoux, & leve les mains & les yeux au Ciel.*)

Dieux immortels!... Vénus!... Galathée!... O prestige d'un amour forcené !

GALATHÉE, *se touche, & dit :*

Moi.

PIGMALION, *transporté.*

Moi !

GALATHÉE, *se touchant encore.*

C'est moi.

PIGMALION.

Ravissante illusion qui passes jusques à mes oreilles ! Ah ! n'abandonne jamais mes sens.

(Galathée fait quelques pas & touche un marbre.)

Ce n'eſt plus moi.

(Pigmalion dans une agitation, dans des tranſports qu'il a peine à contenir, ſuit tous ſes mouvemens, l'écoute, l'obſerve avec une avide attention, qui lui permet à peine de reſpirer.)

(Galathée s'avance vers lui & le regarde; il ſe leve précipitamment, lui tend les bras & la regarde avec extaſe. Elle poſe une main ſur lui. Il treſſaillit, prend cette main, la porte à ſon cœur, puis la couvre d'ardens baiſers.)

GALATHÉE, *avec un ſoupir.*

Ah! encore moi.

PIGMALION.

Oui, cher & charmant objet; oui, digne chef-d'œuvre de mes mains, de mon cœur & des Dieux; c'eſt toi, c'eſt toi ſeule: je t'ai donné tout mon être, je ne vivrai plus que par toi.

FIN.

LETTRE
SUR
LA MUSIQUE
FRANÇOISE.

Sunt verba & voces, prætereàque nihil.

AVERTISSEMENT.

LA querelle excitée l'année derniere à l'Opera n'ayant abouti qu'à des injures, dites d'un côté avec beaucoup d'esprit, & de l'autre avec beaucoup d'animosité, je n'y voulus prendre aucune part; car cette espece de guerre ne me convenoit en aucun sens, & je sentois bien que ce n'étoit pas le temps de ne dire que des raisons. Maintenant que les Bouffons sont congédiés, ou prêts à l'être, ou qu'il n'est plus question de Cabales, je crois pouvoir hazarder mon sentiment; & je le dirai avec ma franchise ordinaire, sans craindre en cela d'offenser. Il me semble même que, sur un pareil sujet, toute précaution seroit injurieuse pour les Lecteurs; car j'avoue que j'aurois fort mauvaise opinion d'un Peuple qui donneroit à des chansons une importance ridicule; qui feroit plus de cas de ses Musiciens que de ses Philosophes, & chez lequel il faudroit parler de Musique avec plus de circonspection, que des plus graves sujets de Morale.

C'est par la raison que je viens d'exposer, que, quoique quelques-uns m'accusent, à ce qu'on dit, d'avoir manqué de respect à la Musique Françoise dans ma premiere édition, le respect beaucoup plus grand, & l'estime que je dois à la Nation, m'empêchent de rien changer à cet égard dans celle-ci.

Une chose presque incroyable, si elle regardoit tout autre que moi, c'est qu'on ose m'accuser d'avoir parlé de la langue avec mépris dans un Ouvrage où il n'en peut être question que par rapport à la Musique. Je n'ai pas changé là-dessus un seul mot dans cette édition : ainsi, en la parcourant de sang-froid, le Lecteur pourra voir si cette accusation est juste. Il est vrai que, quoique nous ayons eu d'excellens

Poètes, & même quelques Musiciens qui n'étoient pas sans génie, je crois notre langue peu propre à la Poésie, & point du tout à la Musique. Je ne crains pas de m'en rapporter sur ce point aux Poètes mêmes; car, quant aux Musiciens, chacun sçait qu'on peut se dispenser de les consulter sur toute affaire de raisonnement. En revanche, la langue Françoise me paroît celle des Philosophes & des Sages : elle semble faite pour être l'organe de la vérité & de la raison : malheur à quiconque offense l'une ou l'autre dans des écrits qui la déshonorent! Quant à moi, le plus digne hommage que je croye pouvoir rendre à cette belle & sage langue, dont j'ai le bonheur de faire usage, est de tâcher de ne la point avilir.*

Quoique je ne veuille & ne doive point

---

* C'est le sentiment de l'Auteur de la Lettre sur les Sourds & les Muets; sentiment qu'il soutient très-bien dans l'addition à cet Ouvrage, & qu'il prouve encore mieux par tous ses Écrits.

changer de ton avec le Public, que je n'attende rien de lui, & que je me ſoucie tout auſſi peu de ſes ſatyres que de ſes éloges, je crois le reſpecter beaucoup plus que cette foule d'Écrivains mercénaires & dangéreux qui le flattent pour leur intérêt. Ce reſpect, il eſt vrai, ne conſiſte pas dans de vains ménagemens, qui marquent l'opinion qu'on a de la foibleſſe de ſes Lecteurs; mais à rendre hommage à leur jugement, en appuyant par des raiſons ſolides le ſentiment qu'on leur propoſe; & c'eſt ce que je me ſuis toujours efforcé de faire. Ainſi, de quelque ſens qu'on veuille enviſager les choſes, en appréciant équitablement toutes les clameurs que cette Lettre a excitées, j'ai bien peur qu'à la fin mon plus grand tort ne ſoit d'avoir raiſon; car je ſçais trop que celui-là ne me ſera jamais pardonné.

LETTRE
SUR
LA MUSIQUE
FRANÇOISE.

VOus ſouvenez-vous, Monſieur, de l'hiſtoire de cet enfant de Siléſie dont parle M. de Fontenelle, & qui étoit né avec une dent d'or? Tous les Docteurs de l'Allemagne s'épuiſerent en ſçavantes diſſertations, pour expliquer comment on pouvoit naître avec une dent d'or: la derniere choſe dont on s'aviſa fut de vérifier le fait, & il ſe trouva que la dent n'étoit pas d'or. Pour éviter un ſemblable inconvénient, avant que de parler de l'excellence de notre Muſique, il ſeroit, peut-être, bon de s'aſſurer de ſon exiſtence, & d'examiner d'abord, non pas ſi elle eſt d'or, mais ſi nous en avons une.

Les Allemands, les Eſpagnols & les Anglois ont long-temps prétendu poſſéder une Muſique propre à leur langue. En effet, ils avoient des Opera nationaux qu'ils admiroient de très-bonne foi; & ils étoient bien perſuadés qu'il y alloit de leur gloire à laiſſer abolir ces chef-d'œuvres inſupportables à toutes les oreilles, excepté les leurs. Enfin le plaiſir l'a emporté chez eux ſur la vanité; ou, du moins, ils s'en ſont fait une mieux entendue, de ſacrifier au goût & à la raiſon des préjugés qui rendent ſouvent les nations ridicules, par l'honneur même qu'elles y attachent.

Nous ſommes en France dans les ſentimens où ils étoient alors; mais qui nous aſſurera que, pour avoir été plus opiniâtres, notre entêtement en ſoit mieux fondé? Ne ſeroit-il point à propos, pour en bien juger, de mettre une fois la Muſique Françoiſe à la coupelle de la raiſon, & de voir ſi elle en ſoutiendra l'épreuve?

Je n'ai pas dessein d'approfondir ici cet examen ; ce n'est pas l'affaire d'une Lettre, ni peut-être la mienne. Je voudrois seulement tâcher d'établir quelques principes, sur lesquels, en attendant qu'on en trouve de meilleurs, les Maîtres de l'Art, ou plutôt les Philosophes pussent diriger leurs recherches : car, disoit autrefois un Sage, c'est au Poète à faire de la Poésie, & à un Musicien à faire de la Musique : mais il n'appartient qu'au Philosophe de bien parler de l'une & de l'autre.

Toute Musique ne peut être composée que de ces trois choses ; mélodie ou chant, harmonie ou accompagnement, mouvement ou mesure *.

Quoique le chant tire son principal caractere de la mesure, comme il naît immédiatement de l'harmonie, & qu'il

---

* Quoiqu'on entende par *mesure* la détermination du nombre & du rapport des temps, & par *mouvement* celle du degré de vitesse, j'ai cru pouvoir ici confondre ces choses sous l'idée générale de modification de la durée ou du temps.

assujettit toujours l'accompagnement à ſa marche, j'unirai ces deux parties dans un même article ; puis je parlerai de la meſure ſéparément.

L'harmonie, ayant ſon principe dans la nature, eſt la même pour toutes les nations ; ou, ſi elle a quelques différences, elles ſont introduites par celles de la mélodie ; ainſi c'eſt de la mélodie ſeulement qu'il faut tirer le caractere particulier d'une Muſique nationale ; d'autant plus que, ce caractere étant principalement donné par la langue, le chant proprement dit doit reſſentir ſa plus grande influence.

On peut concevoir des langues plus propres à la Muſique les unes que les autres ; on en peut concevoir qui ne le ſeroient point du tout. Telle en pourroit être une qui ne ſeroit compoſée que de ſons mixtes, de ſyllabes muettes, ſourdes ou nazales, peu de voyelles ſonores, beaucoup de conſonnes & d'articulations, & qui manqueroit encore d'autres conditions eſſentielles, dont je parlerai dans l'article de la meſure. Cherchons, par curioſité, ce qui résulteroit de la Musique appliquée à une telle langue.

Premierement, le défaut d'éclat dans le son des voyelles obligeroit d'en donner beaucoup à celui des notes; & parce que la langue seroit sourde, la Musique seroit criarde. En second lieu, la dureté & la fréquence des consonnes forceroit à exclure beaucoup de mots, à ne procéder sur les autres que par des intonations élémentaires, & la Musique seroit insipide & monotone; sa marche seroit encore lente & ennuyeuse par la même raison; &, quand on voudroit presser un peu le mouvement, sa vitesse ressembleroit à celle d'un corps dur & anguleux qui roule sur le pavé.

Comme une telle Musique seroit dénuée de toute mélodie agréable, on tâcheroit d'y suppléer par des beautés factices & peu naturelles; on la chargeroit de modulations fréquentes & régulieres; mais froides, sans grace, & sans expression. On inventeroit des fredons, des cadences, des ports de voix, & d'autres agrémens postiches, qu'on prodigueroit dans le chant, & qui ne feroient que le rendre ridicule, ſans le rendre moins plat. La Muſique avec toute cette mauſſade parure reſteroit languiſſante & ſans expreſſion; & ſes images, dénuées de force & d'énergie, peindroient peu d'objets en beaucoup de notes; comme ces écritures gothiques, dont les lignes, remplies de traits & de lettres figurées, ne contiennent que deux ou trois mots; & qui renferment très-peu de ſens en un grand eſpace.

L'impoſſibilité d'inventer des chants agréables obligeroit les compoſiteurs à tourner tous leurs ſoins du côté de l'harmonie; &, faute de beautés réelles, ils y introduiroient des beautés de convention, qui n'auroient preſque d'autre mérite que la difficulté vaincue : au lieu d'une bonne Muſique, ils imagineroient une Muſique ſçavante : pour ſuppléer au chant, ils multiplieroient les accompagnemens. Il leur en coûteroit moins de placer beaucoup de mauvaiſes parties les unes au-deſſus des autres, que d'en faire une qui fût bonne. Pour ôter l'inſipidité, ils augmenteroient la confuſion; ils croiroient faire de la Muſique,

Musique, & ils ne feroient que du bruit.

Un autre effet qui résulteroit du défaut de mélodie, seroit que les Musiciens, n'en ayant qu'une fausse idée, trouveroient par-tout une mélodie à leur maniere : n'ayant pas de véritable chant, les parties de chant ne leur coûteroient rien à multiplier, parce qu'ils donneroient hardiment ce nom à ce qui n'en seroit pas ; même jusqu'à la Basse-continue, à l'unisson de laquelle ils feroient sans façon réciter des Basses-tailles, sauf à couvrir le tout d'une sorte d'accompagnement, dont la prétendue mélodie n'auroit aucun rapport à celle de la partie vocale. Par-tout où ils verroient des notes, ils trouveroient du chant, attendu qu'en effet leur chant ne seroit que des notes. *Voces, prætereàque nihil.*

Passons maintenant à la mesure, dans le sentiment de laquelle consiste en grande partie la beauté & l'expression du chant. La mesure est à-peu-près à la mélodie, ce que la syntaxe est au discours : c'est elle qui fait l'enchaînement des mots, qui diſtingue les phraſes, & qui donne un ſens, une liaiſon au tout. Toute Muſique dont on ne ſent point la meſure, reſſemble, ſi la faute vient de celui qui l'exécute, à une écriture en chiffres, dont il faut néceſſairement trouver la clef pour en démêler le ſens; mais ſi en effet cette Muſique n'a pas de meſure ſenſible, ce n'eſt alors qu'une collection confuſe de mots pris au hazard & écrits ſans ſuite, auxquels le Lecteur ne trouve aucun ſens, parce que l'Auteur n'y en a point mis.

J'ai dit que toute Muſique nationale tire ſon principal caractere de la langue qui lui eſt propre; & je dois ajoûter que c'eſt principalement la proſodie de la langue qui conſtitue ce caractere. Comme la Muſique vocale a précédé de beaucoup l'inſtrumentale, celle-ci a toujours reçu de l'autre ſes tours de chant & ſa meſure; & les diverſes meſures de la Muſique vocale n'ont pu naître que des diverſes manieres dont on pouvoit ſcander le diſcours, & placer les breves & les longues les unes à l'égard des autres: ce qui eſt très-évident dans la Muſique Grecque, dont toutes les mesures n'étoient que les formules d'autant de rhythmes fournis par tous les arrangemens des syllabes longues ou breves, & des pieds dont la langue & la poésie étoient susceptibles; de sorte que, quoiqu'on puisse très-bien distinguer dans le rhythme musical la mesure de la prosodie, la mesure du vers, & la mesure du chant, il ne faut pas douter que la Musique la plus agréable, ou du moins la mieux cadencée, ne soit celle où ces trois mesures concourent ensemble le plus parfaitement qu'il est possible.

Après ces éclaircissemens, je reviens à mon hypothèse; & je suppose que la même langue, dont je viens de parler, eût une mauvaise prosodie, peu marquée, sans exactitude & sans précision; que les longues & les breves n'eussent pas entr'elles en durée & en nombre des rapports simples, & propres à rendre le rhythme agréable, exact, régulier; qu'elle eût des longues plus ou moins longues les unes que les autres; des breves plus ou moins breves, des syllabes ni breves, ni longues; & que les différences des unes & des autres fussent indéterminées & presque incommensurables : il est clair que la Musique nationale, étant contrainte de recevoir dans sa mesure les irrégularités de la prosodie, n'en auroit qu'une fort vague, inégale & très-peu sensible ; que le récitatif se sentiroit sur-tout de cette irrégularité ; qu'on ne sçauroit presque comment y faire accorder les valeurs des notes & celles des syllabes ; qu'on seroit contraint d'y changer de mesure à tout moment, & qu'on ne pourroit jamais y rendre les vers dans un rhythme exact & cadencé ; que, même dans les airs mesurés, tous les mouvemens seroient peu naturels & sans précision ; que, pour peu de lenteur qu'on joignît à ce défaut, l'idée de l'égalité des temps se perdroit entièrement dans l'esprit du chanteur & de l'auditeur ; & qu'enfin, la mesure n'étant plus sensible, ni ses retours égaux, elle ne seroit assujettie qu'au caprice du Musicien, qui pourroit à chaque instant la presser ou ralentir à son gré : de sorte qu'il ne seroit pas possible dans un concert de se passer de quelqu'un qui la marquât à tous, selon la fantaisie ou la commodité d'un seul.

C'eſt ainſi que les acteurs contracteroient tellement l'habitude de s'aſſervir la meſure, qu'on les entendroit même l'altérer à deſſein dans les morceaux où le compoſiteur ſeroit venu à bout de la rendre ſenſible. Marquer la meſure ſeroit une faute contre la compoſition, & la ſuivre en ſeroit une contre le goût du chant : les défauts paſſeroient pour des beautés, & les beautés pour des défauts : les vices ſeroient établis en regles : pour faire de la Muſique au goût de la nation, il ne faudroit que s'attacher avec ſoin à ce qui déplaît à toutes les autres.

Auſſi, avec quelque art qu'on cherchât à couvrir les défauts d'une pareille Muſique, il ſeroit impoſſible qu'elle plût jamais à d'autres oreilles qu'à celles des naturels du pays où elle ſeroit en uſage. A force d'eſſuyer des reproches ſur leur mauvais goût, à force d'entendre dans une langue plus favorable de la véritable Muſique, ils chercheroient à en rapprocher la leur, & ne feroient que lui ôter ſon caractere & la convenance qu'elle avoit avec la langue pour laquelle elle avoit été faite. S'ils vouloient dénaturer leur chant, ils le rendroient dur, baroque & presque inchantable : s'ils se contentoient de l'orner par d'autres accompagnemens que ceux qui lui sont propres, ils ne feroient que marquer mieux sa platitude par un contraste inévitable : ils ôteroient à leur Musique la seule beauté dont elle étoit susceptible, en ôtant à toutes ses parties l'uniformité du caractere qui la faisoit être une ; &, en accoutumant les oreilles à dédaigner le chant pour n'écouter que la symphonie, ils parviendroient enfin à ne faire servir les voix que d'accompagnement à l'accompagnement.

Voilà par quel moyen la Musique d'une telle nation se diviseroit en Musique vocale & instrumentale ; voilà comment, en donnant des caracteres différens à ces deux especes, on feroit un tout monstrueux. La symphonie voudroit aller en mesure ; &, le chant ne pouvant souffrir aucune gêne, on entendroit souvent dans les mêmes morceaux les acteurs & l'orchestre se contrarier & se faire obstacle mutuellement. Cette incertitude & le mélange des deux caracteres introduiroient dans la maniere d'accompagner, une froideur & une lâcheté qui se tourneroient tellement en habitude, que les Symphonistes ne pourroient pas, même en exécutant de bonne Musique, lui laisser de la force & de l'énergie. En la jouant comme la leur, ils l'énerveroient entièrement; ils feroient fort les *doux*, doux les *fort*, & ne connoîtroient pas une des nuances de ces deux mots. Ces autres mots, *rinforzando*, *dolce* *, *risoluto*, *con gusto*, *spiritoso*, *sostenuto*, *con brio*, n'auroient pas même de synonymes dans leur langue, & celui d'*expression* n'y auroit aucun sens. Ils substitueroient je ne sçais combien de petits ornemens froids & maussades à la vigueur du coup d'archet. Quelque nombreux que fût l'orchestre, il ne feroit aucun effet, ou n'en feroit qu'un très-désagréable. Comme l'exécution seroit toujours lâche, & que les Symphonistes aimeroient mieux jouer proprement que

* Il n'y a peut-être pas quatre Symphonistes François qui sçachent la différence de *piano* & *dolce*. Et c'est fort inutilement qu'ils le sçauroient : car qui d'entr'eux seroit en état de la rendre?

d'aller en mesure, ils ne seroient jamais ensemble; ils ne pourroient venir à bout de tirer un son net & juste, ni de rien exécuter dans son caractere; & les Étrangers seroient tout surpris qu'à quelques-uns près, un Orchestre vanté comme le premier du monde, seroit à peine digne des tréteaux d'une guinguette *. Il devroit naturellement arriver que de tels Musiciens prissent en haîne la Musique qui auroit mis leur honte en évidence: & bien-tôt joignant la mauvaise volonté au mauvais goût, ils mettroient encore du dessein prémédité dans la ridicule exécution dont ils auroient bien pu se fier à leur maladresse.

D'après une autre supposition con-

* Comme on m'a assuré qu'il y avoit parmi les Symphonistes de l'Opéra, non-seulement de très-bons violons, (ce que je confesse qu'ils sont presque tous, pris séparément,) mais de véritablement honnêtes gens, qui ne se prêtent point aux cabales de leurs confreres pour mal servir le Public, je me hâte d'ajoûter ici cette distinction, pour réparer, autant qu'il est en moi, le tort que je puis avoir vis-à-vis de ceux qui la méritent.

traire à celle que je viens de faire, je pourrois déduire aisément toutes les qualités d'une véritable Musique, faite pour émouvoir, pour imiter, pour plaire, & pour porter au cœur les plus douces impressions de l'harmonie & du chant; mais comme ceci nous écarteroit trop de notre sujet, & sur-tout des idées qui nous sont connues, j'aime mieux me borner à quelques observations sur la Musique Italienne, qui puissent nous aider à mieux juger de la nôtre.

Si l'on demandoit laquelle de toutes les langues doit avoir une meilleure Grammaire, je répondrois que c'est celle du peuple qui raisonne le mieux; & si l'on demandoit lequel de tous les peuples doit avoir une meilleure Musique, je dirois que c'est celui dont la langue y est la plus propre. C'est ce que j'ai déja établi ci-devant, & que j'aurai occasion de confirmer dans la suite de cette Lettre. Or, s'il y a en Europe une langue propre à la Musique, c'est certainement l'Italienne; car cette langue est douce, sonore, harmonieuse, & accentuée plus qu'aucune autre, &

ces quatre qualités ſont préciſément les plus convenables au chant.

Elle eſt douce, parce que les articulations y ſont peu compoſées, que la rencontre des conſonnes y eſt rare & ſans rudeſſe, & qu'un très-grand nombre de ſyllabes n'y étant formées que de voyelles, les fréquentes éliſions en rendent la prononciation plus coulante. Elle eſt ſonore, parce que la plupart des voyelles y ſont éclatantes, qu'elle n'a pas de diphthongues compoſées, qu'elle a peu ou point de voyelles naſales, & que les articulations rares & faciles diſtinguent mieux le ſon des ſyllabes, qui en devient plus net & plus plein. A l'égard de l'harmonie, qui dépend du nombre & de la proſodie autant que des ſons, l'avantage de la langue Italienne eſt manifeſte ſur ce point : car il faut remarquer que ce qui rend une langue harmonieuſe & véritablement pittoreſque, dépend moins de la force réelle de ſes termes, que de la diſtance qu'il y a du doux au fort entre les ſons qu'elle emploie, & du choix qu'on en peut faire pour les tableaux qu'on a à peindre. Ceci ſuppoſé, que ceux qui penſent que l'Italien n'eſt que le langage de la douceur & de la tendreſſe, prennent la peine de comparer entre elles ces deux ſtrophes du Taſſe :

Teneri ſdegni, e placide e tranquille
Repulſe, e cari vezzi, e liete paci,
Sorriſi, parolette, e dolci ſtille
Di pianto e ſoſpir, tronchi e molli baſci;
Fuſe tai coſe tutte, e poſcia unille,
Et al foce tempro di lente faci;
E ne formò quel ſi mirabil cinto
Di ch' ella aveva il bel fianco ſuccinto.

Chiama gl' abitator' de l'ombre eterne
Il rauco tuon de la tartarea tromba;
Treman le ſpazioſe atre caverne,
E l'aer cieco a quel romor rimbomba;
Ne ſi ſtridendo mai da le ſuperne
Regioni del Cielo il folgor piomba;
Ne ſi ſcoſſa giammai trema la terra,
Quando i vapori in ſen gravida ſerra.

Et s'ils déſeſperent de rendre en François la douce harmonie de l'une, qu'ils eſſayent d'exprimer la rauque dureté de l'autre : il n'eſt pas beſoin, pour juger de ceci, d'entendre la langue, il ne faut qu'avoir des oreilles & de la bonne-foi. Au reste, vous observerez que cette dureté de la derniere strophe n'est point sourde, mais très-sonore, & qu'elle n'est que pour l'oreille, & non pour la prononciation : car la langue n'articule pas moins facilement les *r* multipliées qui font la rudesse de cette strophe, que les *l* qui rendent la premiere si coulante. Au contraire, toutes les fois que nous voulons donner de la dureté à l'harmonie de notre langue, nous sommes forcés d'entasser des consonnes de toutes especes qui forment des articulations difficiles & rudes ; ce qui retarde la marche du chant, & contraint souvent la Musique d'aller plus lentement, précisément quand le sens des paroles exigeroit le plus de vitesse.

Si je voulois m'étendre sur cet article, je pourrois peut-être vous faire voir encore que les inversions de la langue Italienne sont beaucoup plus favorables à la bonne mélodie, que l'ordre didactique de la nôtre ; & qu'une phrase musicale se développe d'une maniere plus agréable & plus intéressante, quand le sens du discours long-temps suspendu se résout sur le verbe avec la cadence ;

que quand il ſe développe à meſure, & laiſſe affoiblir ou ſatisfaire ainſi par degrés le deſir de l'eſprit ; tandis que celui de l'oreille augmente en raiſon contraire juſqu'à la fin de la phraſe. Je vous prouverois encore que l'art des ſuſpenſions & des mots entrecoupés, que l'heureuſe conſtitution de la langue rend ſi familier à la Muſique Italienne, eſt entiérement inconnu dans la nôtre ; & que nous n'avons d'autres moyens pour y ſuppléer, que des ſilences, qui ne ſont jamais du chant, & qui, dans ces occaſions, montrent plutôt la pauvreté de la Muſique, que les reſſources du Muſicien.

Il me reſteroit à parler de l'accent : mais ce point important demande une ſi profonde diſcuſſion, qu'il vaut mieux la réſerver à une meilleure main. Je vais donc paſſer aux choſes plus eſſentielles à mon objet, & tâcher d'examiner notre Muſique en elle-même.

Les Italiens prétendent que notre mélodie eſt plate & ſans aucun chant,

& toutes les nations * neutres confirment unanimement leur jugement sur ce point. De notre côté nous accusons la leur d'être bizarre & baroque **. J'aime mieux croire que les uns ou les autres se trompent, que d'être réduit à dire que, dans des contrées où les sciences & tous les arts sont parvenus à un si haut degré, la Musique seule est encore à naître.

Les moins prévenus d'entre nous ***

---

* Il a été un temps, dit Mylord Schaftesbury, où l'usage de parler François avoit mis parmi nous la Musique Françoise à la mode. Mais bien-tôt la Musique Italienne, nous montrant la nature de plus près, nous dégoûta de l'autre, & nous la fit appercevoir aussi lourde, aussi plate, & aussi maussade qu'elle l'est en effet.

** Il me semble qu'on n'ose plus tant faire ce reproche à la mélodie Italienne, depuis qu'elle s'est fait entendre parmi nous : c'est ainsi que cette Musique admirable n'a qu'à se montrer telle qu'elle est, pour se justifier de tous les torts dont on l'accuse.

*** Plusieurs condamnent l'exclusion totale que les Amateurs de Musique donnent, sans baſe contentent de dire que la Muſique Italienne & la Françoiſe ſont toutes deux bonnes, chacune dans ſon genre, chacune pour la langue qui lui eſt propre; mais, outre que les autres nations ne conviennent pas de cette parité, il reſteroit toujours à ſçavoir laquelle des deux langues peut comporter le meilleur genre de Muſique en ſoi. Queſtion fort agitée en France, mais qui ne le ſera jamais ailleurs; queſtion qui ne peut être décidée que par une oreille parfaitement neutre, & qui par conſéquent devient tous les jours plus difficile à réſoudre dans le ſeul pays où elle ſoit en problême. Voici ſur ce ſujet quelques expériences que chacun eſt maître de vérifier, & qui me paroiſſent pouvoir ſervir à cette ſolution, du moins quant à la mélodie, à laquelle ſeule ſe réduit preſque toute la diſpute.

J'ai pris dans les deux Muſiques des

---

lancer, à la Muſique Françoiſe; ces modérés conciliateurs ne voudroient pas de goûts excluſifs, comme ſi l'amour des bonnes choſes devoit faire aimer les mauvaiſes.

airs également estimés chacun dans son genre ; &, les dépouillant les uns de leurs ports de voix & de leurs cadences éternelles, les autres des notes sous-entendues que le compositeur ne se donne point la peine d'écrire, & dont il se remet à l'intelligence du Chanteur *, je les ai solfiés exactement sur la note, sans aucun ornement, & sans rien fournir de moi-même au sens ni à la liaison de la phrase. Je ne vous dirai point quel a été dans mon esprit le résultat de cette comparaison, parce que j'ai le droit de vous proposer mes raisons, & non pas mon autorité : je vous

* C'est donner toute la faveur à la Musique Françoise, que de s'y prendre ainsi : car ces notes sous-entendues dans l'Italienne, ne sont pas moins de l'essence de la mélodie que celles qui sont sur le papier. Il s'agit moins de ce qui est écrit que de ce qui doit se chanter, & cette maniere de noter doit seulement passer pour une sorte d'abbréviation ; au lieu que les cadences & les ports de voix du chant François sont bien, si l'on veut, exigés par le goût, mais ne constituent point la mélodie, & ne sont pas de son essence ; c'est pour elle une sorte de fard qui couvre sa laideur sans la détruire, & qui ne la rend que plus ridicule aux oreilles sensibles.

rends

rends compte ſeulement des moyens que j'ai pris pour me déterminer, afin que, ſi vous les trouvez bons, vous puiſſiez les employer à votre tour. Je dois vous avertir ſeulement, que cette expérience demande bien plus de précautions qu'il ne ſemble. La premiere, & la plus difficile de toutes, eſt d'être de bonne-foi, & de ſe rendre également équitable dans le choix & dans le jugement. La ſeconde eſt que, pour tenter cet examen, il faut néceſſairement être également verſé dans les deux ſtyles; autrement, celui qui ſeroit le plus familier ſe préſenteroit à chaque inſtant à l'eſprit au préjudice de l'autre; & cette deuxiéme condition n'eſt guère plus facile que la premiere: car de tous ceux qui connoiſſent bien l'une & l'autre Muſique, nul ne balance ſur le choix; & l'on a pu voir par les plaiſans barbouillages de ceux qui ſe ſont mêlés d'attaquer l'Italienne, quelle connoiſſance ils avoient d'elle & de l'art en général.

Je dois ajoûter qu'il eſt eſſentiel d'aller bien exactement en meſure; mais je prévois que cet avertiſſement, ſuperflu dans tout autre pays, ſera fort inutile dans celui-ci ; & cette ſeule omiſſion entraîne néceſſairement l'incompétence du jugement.

Avec toutes ces précautions, le caractere de chaque genre ne tarde pas à ſe déclarer ; & alors il eſt bien difficile de ne pas revêtir les phraſes des idées qui leur conviennent, & de n'y pas ajoûter, du moins par l'eſprit, les tours & les ornemens qu'on a la force de leur refuſer par le chant. Il ne faut pas non plus s'en tenir à une ſeule épreuve ; car un air peut plaire plus qu'un autre, ſans que cela décide de la préférence du genre ; & ce n'eſt qu'après un grand nombre d'eſſais, qu'on peut établir un jugement raiſonnable. D'ailleurs, en s'ôtant la connoiſſance des paroles, on s'ôte celle de la partie la plus importante de la mélodie, qui eſt l'expreſſion ; & tout ce qu'on peut décider par cette voie, c'eſt ſi la modulation eſt bonne, & ſi le chant a du naturel & de la beauté. Tout cela nous montre combien il eſt difficile de prendre aſſez de précautions contre les préjugés, & combien le raiſonnement nous eſt nécessaire pour nous mettre en état de juger sainement des choses de goût.

J'ai fait une autre épreuve qui demande moins de précautions, & qui vous paroîtra peut-être plus décisive. J'ai donné à chanter à des Italiens les plus beaux airs de Lulli, & à des Musiciens François des airs de Léo, & du Pergolese, & j'ai remarqué que, quoique ceux-ci fussent fort éloignés de saisir le vrai goût de ces morceaux, ils en sentoient pourtant la mélodie, & en tiroient, à leur maniere, des phrases de Musique chantantes, agréables & bien cadencées. Mais les Italiens solfiant très-exactement nos airs les plus pathétiques, n'ont jamais pu y reconnoître ni phrase, ni chant; ce n'étoit pas pour eux de la Musique qui eût du sens, mais seulement des suites de notes placées sans choix & comme au hazard; ils les chantoient précisément comme vous liriez des mots Arabes écrits en caracteres François *.

* Nos Musiciens prétendent tirer un grand avantage de cette différence. *Nous exécutons la Musique Italienne*, disent-ils avec leur fierté

Troisième expérience. J'ai vu à Venise un Arménien, homme d'esprit, qui n'avoit jamais entendu de Musique, & devant lequel on exécuta dans un même concert un monologue François qui commence par ce vers :

> Temple sacré, séjour tranquille :

Et un air de Galuppi, qui commence par celui-ci :

> Voi che languite senza speranza.

L'un & l'autre furent chantés, médiocrement pour le François, & mal pour l'Italien, par un homme accoutumé seulement à la Musique Françoise, & alors très-enthousiaste de celle de M. Rameau. Je remarquai dans l'Arménien, durant tout le chant François, plus de surprise que de plaisir ; mais

---

accoutumée, *& les Italiens ne peuvent exécuter la nôtre : donc notre Musique vaut mieux que la leur.* Ils ne voient pas qu'ils devroient tirer une conséquence toute contraire, & dire : *donc les Italiens ont une mélodie, & nous n'en avons point.*

tout le monde obſerva, dès les premieres meſures de l'air Italien, que ſon viſage & ſes yeux s'adouciſſoient. Il étoit enchanté : il prêtoit ſon ame aux impreſſions de la Muſique ; &, quoiqu'il entendît peu la langue, les ſimples ſons lui cauſoient un raviſſement ſenſible. Dès ce moment, on ne put plus lui faire écouter aucun air François.

Mais, ſans chercher ailleurs des exemples, n'avons-nous pas même parmi nous pluſieurs perſonnes qui, ne connoiſſant que notre Opera, croyoient de bonne-foi n'avoir aucun goût pour le chant, & n'ont été déſabuſées que par les Intermedes Italiens. C'eſt préciſément parce qu'ils n'aimoient que la véritable Muſique, qu'ils croyoient ne pas aimer la Muſique.

J'avoue que tant de faits m'ont rendu douteuſe l'exiſtence de notre mélodie, & m'ont fait ſoupçonner qu'elle pourroit bien n'être qu'une ſorte de plain-chant modulé, qui n'a rien d'agréable en lui-même, qui ne plaît qu'à l'aide de quelques ornemens arbitraires, & ſeulement à ceux qui ſont convenus de les trouver beaux. Auſſi à peine notre Muſique eſt-elle ſupportable à nos propres oreilles, lorſqu'elle eſt exécutée par des voix médiocres qui manquent d'art pour la faire valoir. Il faut des Fel & des Jéliotte pour chanter la Muſique Françoiſe; mais toute voix eſt bonne pour l'Italienne, parce que les beautés du chant Italien ſont dans la Muſique même; au lieu que celles du chant François, s'il en a, ne ſont que dans l'art du Chanteur *.

Trois choſes me paroiſſent concourir

* Au reſte, c'eſt une erreur de croire qu'en général les Chanteurs Italiens aient moins de voix que les François. Il faut, au contraire, qu'ils aient le timbre plus fort & plus harmonieux, pour pouvoir ſe faire entendre ſur les Théâtres immenſes de l'Italie, ſans ceſſer de ménager les ſons, comme le veut la Muſique Italienne. Le chant François exige tout l'effort des poumons, toute l'étendue de la voix : plus fort, nous diſent nos Maîtres; enflez les ſons; ouvrez la bouche; donnez toute votre voix. Plus doux, diſent les Maîtres Italiens : ne forcez point; chantez ſans gêne; rendez vos ſons doux, fléxibles & coulans; réſervez les éclats pour ces momens rares & paſſagers où il faut ſurprendre & déchirer. Or, il me paroît que, dans la néceſſité de ſe faire entendre, celui-là doit avoir plus de voix, qui peut ſe paſſer de crier.

à la perfection de la mélodie Italienne. La premiere, est la douceur de la langue, qui, rendant toutes les infléxions faciles, laisse au goût du Musicien la liberté d'en faire un choix plus exquis, de varier davantage les combinaisons, & de donner à chaque Acteur un tour de chant particulier; de même que chaque homme a son geste & son ton qui lui sont propres, & qui le distinguent d'un autre homme.

La deuxième est la hardiesse des modulations, qui, quoique moins servilement préparées que les nôtres, se rendent plus agréables, en se rendant plus sensibles, &, sans donner de la dureté au chant, ajoûtent une vive énergie à l'expression. C'est par elle que le Musicien, passant brusquement d'un ton ou d'un mode à un autre, & supprimant, quand il le faut, les transitions intermédiaires & scholastiques, sçait exprimer les réticences, les interruptions, les discours entre-coupés, qui sont le langage des passions impétueuses, que le bouillant Métastase a employé si souvent, que les Porpora, les Galuppi, les Cocchi, les Jumella, les Perez, les Terradeglias ont sçu rendre avec succès, & que nos Poëtes lyriques connoissent aussi peu que nos Musiciens.

Le troisième avantage, & celui qui prête à la mélodie son plus grand effet, est l'extrême précision de mesure qui s'y fait sentir dans les mouvemens les plus lents, ainsi que dans les plus gais : précision qui rend le chant animé & intéressant, les accompagnemens vifs & cadencés ; qui multiplie réellement les chants, en faisant d'une même combinaison de sons autant de différentes mélodies, qu'il y a de manieres de les scander ; qui porte au cœur tous les sentimens, & à l'esprit tous les tableaux ; qui donne au Musicien le moyen de mettre en airs tous les caracteres de paroles imaginables, plusieurs dont nous n'avons pas même l'idée * ;

* Pour ne pas sortir du genre comique, le seul connu à Paris, voyez les airs : *Quando Sciolto avrò il contrato*, &c. *Io ò un vespajo*, &c. *O questo, o quello t'ai a risolvere*, &c. *A un gusto da stordire*, &c. *Stizzoso mio, stizzoso*, &c. *Io sono una Donzella*, &c. *Quanti maestri, quanti dottori*, &c. *I Sbirri già lo aspetano*, &c.

& qui rend les mouvemens propres à exprimer tous les caracteres *, ou un seul mouvement propre à contraster & changer de caractere au gré du Compositeur.

Voilà, ce me semble, les sources d'où le chant Italien tire ses charmes & son énergie ; à quoi l'on peut ajoûter une nouvelle & très-forte preuve de l'avantage de sa mélodie, en ce qu'elle n'exige pas, autant que la nôtre, de ces fréquens renversemens d'harmonie, qui donnent à la Basse-continue le véritable chant d'un dessus. Ceux

---

Ma dunque il testamento, &c. *Senti me, se brami stare, o che risa, che piacere*, &c : tous caracteres d'airs dont la Musique Françoise n'a pas les premiers élémens, & dont elle n'est pas en état d'exprimer un seul mot.

* Je me contenterai d'en citer un seul exemple, mais très-frappant ; c'est l'air : *Se pur d'un infelice*, &c. de la fausse Suivante ; air très-pathétique sur un mouvement très-gai, auquel il n'a manqué qu'une voix pour le chanter, un Orchestre pour l'accompagner, des oreilles pour l'entendre, & la seconde partie qu'il ne falloit pas supprimer.

qui trouvent de si grandes beautés dans la mélodie Françoise, devroient bien nous dire à laquelle de ces choses elle en est redevable, ou nous montrer les avantages qu'elle a pour y suppléer.

Quand on commence à connoître la mélodie Italienne, on ne lui trouve d'abord que des graces, & on ne la croit propre qu'à exprimer des sentimens agréables : mais, pour peu qu'on étudie son caractere pathétique & tragique, on est bien-tôt surpris de la force que lui prête l'art des Compositeurs dans les grands morceaux de Musique. C'est à l'aide de ces modulations sçavantes, de cette harmonie simple & pure, de ces accompagnemens vifs & brillans, que ces chants divins déchirent ou ravissent l'ame, mettent le Spectateur hors de lui-même, & lui arrachent, dans ses transports, des cris dont jamais nos tranquilles Opera ne furent honorés.

Comment le Musicien vient-il à bout de produire ces grands effets ? Est-ce à force de contraster les mouvemens, de multiplier les accords, les notes, les parties ? Eſt-ce à force d'entaſſer deſſins ſur deſſins, inſtrumens ſur inſtrumens ? Tout ce fatras, qui n'eſt qu'un mauvais ſupplément où le génie manque, étoufferoit le chant loin de l'animer, détruiroit l'intérêt en partageant l'attention. Quelque harmonie que puiſſent faire enſemble pluſieurs parties toutes bien chantantes, l'effet de ces beaux chants s'évanouit auſſi-tôt qu'ils ſe font entendre à la fois; & il ne reſte que celui d'une ſuite d'accords, qui, quoi qu'on puiſſe dire, eſt toujours froide quand la mélodie ne l'anime pas; de ſorte que plus on entaſſe de chants mal-à-propos, & moins la Muſique eſt agréable & chantante; parce qu'il eſt impoſſible à l'oreille de ſe prêter au même inſtant à pluſieurs mélodies, & que, l'une effaçant l'impreſſion de l'autre, il ne réſulte du tout que de la confuſion & du bruit. Pour qu'une Muſique devienne intéreſſante, pour qu'elle porte à l'ame les ſentimens qu'on y veut exciter, il faut que toutes les parties concourent à fortifier l'expreſſion du ſujet; que l'harmonie ne ſerve qu'à le rendre plus énergique; que l'accompagnement l'embelliſſe, ſans le couvrir ni le défigurer ; que la Basse, par une marche uniforme & simple, guide en quelque sorte celui qui chante & celui qui écoute, sans que ni l'un, ni l'autre s'en apperçoive ; il faut, en un mot, que le tout ensemble ne porte à la fois qu'une mélodie à l'oreille, & qu'une idée à l'esprit.

Cette unité de mélodie me paroît une regle indispensable & non moins importante en Musique, que l'unité d'action dans une Tragédie ; car elle est fondée sur le même principe, & dirigée vers le même objet. Aussi tous les bons Compositeurs Italiens s'y conforment-ils avec un soin qui dégénere quelquefois en affectation ; &, pour peu qu'on y réfléchisse, on sent bien-tôt que c'est d'elle que leur Musique tire son principal effet. C'est dans cette grande regle qu'il faut chercher la cause des fréquens accompagnemens à l'unisson qu'on remarque dans la Musique Italienne, & qui, fortifiant l'idée du chant, en rendent en même temps les sons plus moëlleux, plus doux & moins fatigans pour la voix. Ces unissons ne sont point praticables dans notre Musique, ſi ce n'eſt ſur quelques caracteres d'airs choiſis & tournés exprès pour cela. Jamais un air pathétique François ne ſeroit ſupportable, accompagné de cette maniere; parce que, la Muſique vocale & l'inſtrumentale ayant parmi nous des caracteres différens, on ne peut, ſans pécher contre la mélodie & le goût, appliquer à l'une les mêmes tours qui conviennent à l'autre; ſans compter que, la meſure étant toujours vague & indéterminée, ſur-tout dans les airs lents, les inſtrumens & la voix ne pourroient jamais s'accorder, & ne marcheroient point aſſez de concert pour produire enſemble un effet agréable. Une beauté qui réſulte encore de ces uniſſons, c'eſt de donner une expreſſion plus ſenſible à la mélodie, tantôt en renforçant tout d'un coup les inſtrumens ſur un paſſage, tantôt en les radouciſſant, tantôt en leur donnant un trait de chant énergique & ſaillant, que la voix n'auroit pu faire, & que l'Auditeur adroitement trompé ne laiſſe pas de lui attribuer, quand l'orcheſtre ſçait le faire ſortir à propos. De-là naît encore cette parfaite correſpondance de la ſymphonie & du chant, qui fait que tous les traits qu'on admire dans l'une, ne font que des développemens de l'autre : de forte que c'eft toujours dans la partie vocale qu'il faut chercher la fource de toutes les beautés de l'accompagnement. Cet accompagnement eft fi bien uni avec le chant, & fi exactement relatif aux paroles, qu'il femble fouvent déterminer le jeu, & dicter à l'Acteur le gefte qu'il doit faire * ; & tel qui n'auroit pu jouer le rôle fur les paroles feules, le jouera très-jufte fur la Mufique, parce qu'elle fait bien fa fonction d'interprète.

Au refte, il s'en faut beaucoup que les accompagnemens Italiens foient toujours à l'uniffon de la voix. Il y a deux cas affez fréquens où le Muficien les en fépare : l'un, quand la voix, roulant avec légereté fur des cordes d'har-

---

* On en trouve des exemples fréquens dans les Intermedes qui nous ont été donnés cette année ; entr'autres, dans l'air : *A un gufto da ftordire*, du Maître de Mufique ; dans celui *fon Padrone*, de la Femme orgueilleufe ; dans celui *vi fto ben*, du Tracollo ; dans celui *tu non penfi, no, fignora*, de la Bohémienne ; & dans prefque tous ceux qui demandent du jeu.

monie, fixe aſſez l'attention, pour que l'accompagnement ne puiſſe la partager : encore alors donne-t-on tant de ſimplicité à cet accompagnement, que l'oreille, affectée ſeulement d'accords agréables, n'y ſent aucun chant qui puiſſe la diſtraire. L'autre cas demande un peu plus de ſoin pour le faire entendre.

Quand le Muſicien ſçaura ſon art, dit l'Auteur de la Lettre ſur les Sourds & les Muets, *les parties d'accompagnement concourront ou à fortifier l'expreſſion de la partie chantante, ou à ajoûter de nouvelles idées que le ſujet demandoit, & que la partie chantante n'aura pu rendre.* Ce paſſage me paroît renfermer un précepte très-utile ; & voici comment je penſe qu'on doit l'entendre.

Si le chant eſt de nature à exiger quelques additions, ou, comme diſoient nos anciens Muſiciens, quelques *diminutions* *, qui ajoûtent à l'expreſſion ou à l'agrément, ſans détruire en

* On trouvera le mot *diminution* dans le quatrième volume de l'Encyclopédie.

cela l'unité de mélodie ; de ſorte que l'oreille, qui blâmeroit peut-être ces additions faites par la voix, les approuve dans l'accompagnement & s'en laiſſe doucement affecter, ſans ceſſer pour cela d'être attentive au chant : alors l'habile Muſicien, en les ménageant à propos & les employant avec goût, embellira ſon ſujet, & le rendra plus expreſſif, ſans le rendre moins un : &, quoique l'accompagnement n'y ſoit pas exactement ſemblable à la partie chantante, l'un & l'autre ne feront pourtant qu'un chant & qu'une mélodie. Que ſi le ſens des paroles comporte une idée acceſſoire que le chant n'aura pas pu rendre, le Muſicien l'enchâſſera dans des ſilences ou dans des tenues, de maniere qu'il puiſſe la préſenter à l'Auditeur, ſans le détourner de celle du chant. L'avantage ſeroit encore plus grand, ſi cette idée acceſſoire pouvoit être rendue par un accompagnement contraint & continu, qui fût plutôt un léger murmure qu'un véritable chant, comme feroit le bruit d'une riviere ou le gazouillement des oiſeaux : car alors le Compoſiteur pourroit ſéparer tout-à-fait le chant de l'accompagnement ;

l'accompagnement ; &, destinant uniquement ce dernier à rendre l'idée accessoire, il disposera son chant de maniere à donner des jours fréquens à l'Orchestre, en observant avec soin que la symphonie soit toujours dominée par la partie chantante ; ce qui dépend encore plus de l'art du Compositeur, que de l'exécution des Instrumens : mais ceci demande une expérience consommée pour éviter la duplicité de mélodie.

Voilà tout ce que la regle de l'unité peut accorder au goût du Musicien, pour parer le chant, ou le rendre plus expressif, soit en embellissant le sujet principal, soit en y en ajoûtant un autre qui lui reste assujetti. Mais de faire chanter à part, des Violons d'un côté, de l'autre des Flûtes, de l'autre des Bassons, chacun sur un dessin particulier, & presque sans rapport entre eux, & d'appeller tout ce cahos, de la Musique, c'est insulter également l'oreille & le jugement des Auditeurs.

Une autre chose, qui n'est pas moins contraire que la multiplication des parties, à la regle que je viens d'établir, c'eſt l'abus ou plutôt l'uſage des fugues, imitations, doubles deſſins, & autres beautés arbitraires, & de pure convention, qui n'ont preſque de mérite que la difficulté vaincue, & qui toutes ont été inventées, dans la naiſſance de l'Art, pour faire briller le ſçavoir, en attendant qu'il fût queſtion du génie. Je ne dis pas qu'il ſoit tout-à-fait impoſſible de conſerver l'unité de mélodie dans une fugue, en conduiſant habilement l'attention de l'Auditeur d'une partie à l'autre, à meſure que le ſujet y paſſe; mais ce travail eſt ſi pénible, que preſque perſonne n'y réuſſit; & ſi ingrat, qu'à peine le ſuccès peut-il dédommager de la fatigue d'un tel ouvrage. Tout cela n'aboutiſſant qu'à faire du bruit, ainſi que la plupart de nos chœurs ſi admirés *, eſt également indigne d'occu-

---

* Les Italiens ne ſont pas eux-mêmes tout-à-fait revenus de ce préjugé barbare. Ils ſe piquent encore d'avoir dans leurs Egliſes de la Muſique bruyante; ils ont ſouvent des Meſſes & des Motets à quatre chœurs, chacun ſur un deſſin différent; mais les grands Maîtres ne font que rire de tout ce fatras. Je me ſouviens que Terradeglias, me parlant de pluſieurs Motets de ſa

per la plume d'un homme de génie, & l'attention d'un homme de goût. A l'égard des contre-fugues, doubles fugues, fugues renversées, basses contraintes, & autres sottises difficiles, que l'oreille ne peut souffrir, & que la raison ne peut justifier ; ce sont évidemment des restes de barbarie & de mauvais goût, qui ne subsistent, comme les portails de nos Églises gothiques, que pour la honte de ceux qui ont eu la patience de les faire.

Il a été un tems où l'Italie étoit barbare ; & même, après la renaissance des autres Arts, que l'Europe lui doit tous, la Musique, plus tardive, n'y a point pris aisément cette pureté de goût qu'on y voit briller aujourd'hui : & l'on ne peut guères donner une plus mauvaise idée de ce qu'elle étoit alors, qu'en remarquant qu'il n'y a eu, pendant long-tems,

composition où il avoit mis des chœurs travaillés avec un grand soin, étoit honteux d'en avoir fait de si beaux, & s'en excusoit sur sa jeunesse. Autrefois, disoit-il, j'aimois à faire du bruit ; à présent je tâche de faire de la Musique.

qu'une même Musique en France & en Italie *, & que les Musiciens des deux contrées communiquoient entr'eux; non, pourtant, sans qu'on pût remarquer déja dans les nôtres le germe de cette jalousie, qui est inséparable de l'infériorité. Lulli même, allarmé de l'arrivée de Corelli, se hâta de le faire chasser de France : ce qui lui fut d'autant plus aisé, que Corelli étoit plus grand-homme, par conséquent moins courtisan que lui. Dans ces tems où la Musique naissoit à peine, elle avoit en Italie cette ridicule emphase de science harmonique, ces pédantesques prétentions

* L'Abbé Du Bos se tourmente beaucoup pour faire honneur aux Pays-Bas, du renouvellement de la Musique; & cela pourroit s'admettre, si l'on donnoit le nom de Musique, à un continuel remplissage d'accords : mais si l'harmonie n'est que la base commune, & que la mélodie seule constitue le caractere, non-seulement la Musique moderne est née en Italie, mais il y a quelque apparence que, dans toutes nos langues vivantes, la Musique Italienne est la seule qui puisse réellement exister. Du temps d'Orlande & de Goudimel, on faisoit de l'harmonie & des sons: Corelli, Buononcini, Vinci & Pergolese, sont les premiers qui aient fait de la Musique.

de doctrine qu'elle a cherement conservées parmi nous, & par lesquelles on distingue aujourd'hui cette Musique méthodique, compassée, mais sans génie, sans invention & sans goût, qu'on appelle, à Paris, *Musique écrite*, par excellence, & qui, tout au plus, n'est bonne en effet qu'à écrire, & jamais à exécuter.

Depuis même que les Italiens ont rendu l'harmonie plus pure, plus simple, & donné tous leurs soins à la perfection de la mélodie, je ne nie pas qu'il ne soit encore demeuré parmi eux quelques légeres traces de fugues & desseins gothiques, & quelquefois de doubles & triples mélodies. C'est de quoi je pourrois citer plusieurs exemples dans les Intermedes qui nous sont connus, &, entr'autres, le mauvais quatuor, qui est à la fin de la *Femme orgueilleuse*. Mais outre que ces choses sortent du caractere établi ; outre qu'on ne trouve jamais rien de semblable dans les Tragédies, & qu'il n'est pas plus juste de juger l'Opéra Italien sur ces farces, que de juger notre Théâtre François sur l'*Impromptu de Campagne*, ou *le Baron de la Crasse* ; il faut aussi rendre justice à l'art avec lequel les Compositeurs ont souvent évité dans ces Intermedes les piéges qui leur étoient tendus par les Poëtes, & ont fait tourner au profit de la regle, des situations qui sembloient les forcer à l'enfreindre.

De toutes les parties de la Musique, la plus difficile à traiter, sans sortir de l'unité de mélodie, est le Duo, & cet article mérite de nous arrêter un moment. L'Auteur de la Lettre sur Omphale a déja remarqué que les Duo sont hors de la nature ; car, rien n'est moins naturel que de voir deux personnes se parler à la fois durant un certain tems, soit pour dire la même chose, soit pour se contredire, sans jamais s'écouter, ni se répondre. Et quand cette supposition pourroit s'admettre en certains cas, il est bien certain que ce ne seroit jamais dans la Tragédie, où cette indécence n'est convenable ni à la dignité des personnages qu'on y fait parler, ni à l'éducation qu'on leur suppose. Or, le meilleur moyen de sauver cette absurdité, c'est de traiter le plus qu'il est poſſible le Duo en Dialogue, & ce premier ſoin regarde le Poëte; ce qui regarde le Muſicien, c'eſt de trouver un chant convenable au ſujet, & diſtribué de telle ſorte que, chacun des Interlocuteurs parlant alternativement, toute la ſuite du Dialogue ne forme qu'une mélodie, qui, ſans changer de ſujet, ou du moins ſans altérer le mouvement, paſſe, dans ſon progrès, d'une partie à l'autre, ſans ceſſer d'être une, & ſans enjamber. Quand on joint enſemble les deux parties, (ce qui doit ſe faire rarement & durer peu) il faut trouver un chant ſuſceptible d'une marche par tierces, ou par ſixtes, dans lequel la ſeconde partie faſſe ſon effet ſans diſtraire l'oreille de la premiere. Il faut garder la dureté des diſſonnances, les ſons perçans & renforcés, le *fortiſſimo* de l'Orcheſtre, pour des inſtans de déſordre & de tranſports, où les Acteurs, ſemblant s'oublier eux-mêmes, portent leur égarement dans l'ame de tout Spectateur ſenſible, & lui font éprouver le pouvoir de l'harmonie ſobrement ménagée. Mais ces inſtans doivent être rares & amenés avec art. Il faut par une Muſique douce & affectueuſe avoir déja diſpoſé l'oreille & le cœur à l'émotion, pour que l'un & l'autre ſe prêtent à ces ébranlemens violens ; & il faut qu'ils paſſent avec la rapidité qui convient à notre foibleſſe : car, quand l'agitation eſt trop forte, elle ne ſçauroit durer, & tout ce qui eſt au-delà de la nature ne touche plus.

En diſant ce que les Duo doivent être, j'ai dit préciſément ce qu'ils ſont dans les Opéra Italiens. Si quelqu'un a pu entendre ſur un Théâtre d'Italie un Duo tragique chanté par deux bons Acteurs, & accompagné par un véritable Orcheſtre, ſans en être attendri ; s'il a pu d'un œil ſec aſſiſter aux adieux de Mandane & d'Arbace, je le tiens digne de pleurer à ceux de Lybie & d'Épaphus.

Mais, ſans inſiſter ſur les Duo tragiques, genre de Muſique dont on n'a pas même l'idée à Paris, je puis vous citer un Duo comique qui y eſt connu de tout le monde, & je le citerai hardiment comme un modele de chant, d'unité de mélodie, de dialogue & de goût ; auquel, ſelon moi, rien ne manquera, quand il ſera bien exécuté, que des auditeurs qui ſçachent l'entendre; c'eſt celui du premier Acte de la Serva Padrona, *Lo conoſco a quegl' occhietti*, *&c.* J'avoue que peu de Muſiciens François ſont en état d'en ſentir les beautés, & je dirois volontiers du Pergolèſe, comme Ciceron diſoit d'Homère; que c'eſt déja avoir fait beaucoup de progrès dans l'Art, que de ſe plaire à ſa lecture.

J'eſpere, Monſieur, que vous me pardonnerez la longueur de cet article, en faveur de ſa nouveauté, & de l'importance de ſon objet. J'ai cru devoir m'étendre un peu ſur une regle auſſi eſſentielle que celle de l'unité de mélodie; regle dont aucun Théoricien, que je ſçache, n'a parlé juſqu'à ce jour: que les Compoſiteurs Italiens ont ſeuls ſentie & pratiquée, ſans ſe douter, peut-être, de ſon exiſtence; & de laquelle dépendent la douceur du chant, la force de l'expreſſion, & preſque tout le charme de la bonne Muſique. Avant que de quitter ce ſujet, il me reſte à vous montrer qu'il en réſulte de nouveaux avantages pour l'harmonie même, aux dépens de laquelle je ſemblois accorder tout l'avantage à la mélodie ; & que l'expreſſion du chant donne lieu à celle des accords, en forçant le Compoſiteur à les ménager.

Vous reſſouvenez-vous, Monſieur, d'avoir entendu quelquefois dans les Intermedes qu'on nous a donnés cette année, le fils de l'Entrepreneur Italien, jeune enfant de dix ans au plus, accompagner quelquefois à l'Opéra ? Nous fûmes frappés dès le premier jour, de l'effet que produiſoit ſous ſes petits doigts l'accompagnement du Claveſſin ; & tout le Spectacle s'apperçut, à ſon jeu précis & brillant, que ce n'étoit pas l'Accompagnateur ordinaire. Je cherchai auſſi-tôt les raiſons de cette différence ; car je ne doutois pas que le ſieur Noblet fût bon harmoniſte, & n'accompagnât très-exactement ; mais quelle fut ma ſurpriſe, en obſervant les mains du petit bon-homme, de voir qu'il ne rempliſſoit preſque jamais les accords, qu'il ſupprimoit beaucoup de ſons, & n'employoit très-ſouvent que deux doigts, dont l'un ſonnoit preſque toujours l'octave de la Baſſe ! Quoi !

disois-je en moi-même, l'harmonie complette fait moins d'effet que l'harmonie mutilée, & nos Accompagnateurs, en rendant tous les accords pleins, ne font qu'un bruit confus, tandis que celui-ci avec moins de sons fait plus d'harmonie; ou, du moins, rend son accompagnement plus sensible & plus agréable! Ceci fut pour moi un problême inquiétant; & j'en compris encore mieux toute l'importance, quand, après d'autres observations, je vis que les Italiens accompagnoient tous de la même maniere que le petit Bambin, & que, par conséquent, cette épargne dans leur accompagnement devoit tenir au même principe que celle qu'ils affectent dans leurs partitions.

Je comprenois bien que la Basse étant le fondement de toute l'harmonie, doit toujours dominer sur le reste, & que, quand les autres parties l'étouffent ou la couvrent, il en résulte une confusion qui peut rendre l'harmonie plus sourde; & je m'expliquois ainsi pourquoi les Italiens, si économes de leur main droite dans l'accompagnement, redoublent ordinairement à la gauche l'octave de la Basse ; pourquoi ils mettent tant de Contre-basses dans leurs Orchestres ; & pourquoi ils font si souvent marcher leurs quintes * avec la Basse, au lieu de leur donner une autre partie, comme les François ne manquent jamais de faire. Mais ceci, qui pouvoit rendre raison de la netteté des accords, n'en rendoit pas de leur énergie, & je vis bien-tôt qu'il devoit y avoir quelque principe plus caché & plus fin de l'expression que je remarquois dans la simplicité de l'harmonie Italienne, tandis que je trouvois la nôtre si composée, si froide & si languissante.

Je me souvins alors d'avoir lu dans quelque ouvrage de M. Rameau, que chaque consonnance a son caractere particulier, c'est-à-dire, une maniere d'af-

* On peut remarquer, à l'Orchestre de notre Opéra, que dans la Musique Italienne les quintes ne jouent presque jamais leur partie, quand elle est à l'octave de la Basse ; peut-être ne daigne-t-on pas même la copier en pareil cas. Ceux qui conduisent l'Orchestre ignoreroient-ils que ce défaut de liaison entre la Basse & le Dessus rend l'harmonie trop sèche ?

fecter l'ame qui lui est propre; que l'effet de la tierce n'est point le même que celui de la quinte, ni l'effet de la quarte le même que celui de la sixte. De même les tierces & les sixtes mineures doivent produire des affections différentes de celles que produisent les tierces & les sixtes majeures; &, ces faits une fois accordés, il s'ensuit assez évidemment que les dissonnances & tous les intervalles possibles seront aussi dans le même cas. Expérience que la raison confirme, puisque, toutes les fois que les rapports sont différens, l'impression ne sçauroit être la même.

Or, me disois-je à moi même en raisonnant d'après cette supposition, je vois clairement que deux consonnances ajoûtées l'une à l'autre mal-à-propos, quoique selon les regles des accords, pourront, même en augmentant l'harmonie, affoiblir mutuellement leur effet, le combattre, ou le partager. Si tout l'effet d'une quinte m'est nécessaire pour l'expression dont j'ai besoin, je peux risquer d'affoiblir cette expression par un troisième son, qui, divisant cette quinte en deux autres intervalles, en modifiera nécessairement l'effet par celui des deux tierces dans lesquelles je la résous ; & ces tierces mêmes, quoique le tout ensemble fasse une fort bonne harmonie, étant de différente espece, peuvent encore nuire mutuellement à l'impression l'une de l'autre. De même, si l'impression simultanée de la quinte & des deux tierces m'étoit nécessaire, j'affoiblirois & j'altérerois mal-à-propos cette impression, en retranchant un des trois sons qui en forment l'accord. Ce raisonnement devient encore plus sensible, appliqué à la dissonnance. Supposons que j'aie besoin de toute la dureté du triton, ou de toute la fadeur de la fausse quinte ; opposition, pour le dire en passant, qui prouve combien les divers renversemens des accords en peuvent changer l'effet ; si dans une telle circonstance, au lieu de porter à l'oreille les deux uniques sons qui forment la dissonnance, je m'avise de remplir l'accord de tous ceux qui lui conviennent, alors j'ajoûte au triton la seconde & la sixte, & à la fausse quinte la sixte & la tierce, c'est-à-dire, qu'introduisant dans chacun de ces accords une nouvelle dissonnance, j'y introduis en même temps trois consonnances, qui doivent nécessairement en tempérer & affoiblir l'effet, en rendant un de ces accords moins fade, & l'autre moins dur. C'est donc un principe certain & fondé dans la nature, que toute Musique où l'harmonie est scrupuleusement remplie, tout accompagnement où tous les accords sont complets, doit faire beaucoup de bruit, mais avoir très peu d'expression : ce qui est précisément le caractere de la Musique Françoise. Il est vrai qu'en ménageant les accords & les parties, le choix devient difficile, & demande beaucoup d'expérience & de goût pour le faire toujours à propos ; mais s'il y a une règle pour aider au Compositeur à se bien conduire en pareille occasion, c'est certainement celle de l'unité de mélodie, que j'ai tâché d'établir ; ce qui se rapporte au caractere de la Musique Italienne, & rend raison de la douceur du chant, jointe à la force d'expression qui y regne.

Il suit de tout ceci, qu'après avoir bien étudié les regles élémentaires de l'harmonie, le Musicien ne doit point ſe hâter de la prodiguer inconſidérément, ni ſe croire en état de compoſer, parce qu'il ſçait remplir des accords; mais qu'il doit, avant que de mettre la main à l'œuvre, s'appliquer à l'étude beaucoup plus longue & plus difficile des impreſſions diverſes que les conſonnances, les diſſonnances & tous les accords font ſur les oreilles ſenſibles, & ſe dire ſouvent à lui-même, que le grand art du Compoſiteur ne conſiſte pas moins à ſçavoir diſcerner dans l'occaſion les ſons qu'on doit ſupprimer, que ceux dont il faut faire uſage. C'eſt en étudiant & feuilletant ſans ceſſe les chef-d'œuvres de l'Italie, qu'il apprendra à faire ce choix exquis, ſi la nature lui a donné aſſez de génie & de goût pour en ſentir la néceſſité : car, les difficultés de l'art ne ſe laiſſent appercevoir qu'à ceux qui ſont faits pour les vaincre, & ceux-là ne s'aviſeront pas de compter avec mépris les portées vuides d'une partition : mais voyant la facilité qu'un Écolier auroit eue à les remplir, ils ſoupçonneront & chercheront les raiſons de cette ſimplicité trompeuſe, d'autant plus admirable, qu'elle cache des prodiges ſous une feinte négligence,

gligence, & que l'*arte che tutto sà, nulla si scuopre.*

Voilà, à ce qu'il me semble, la cause des effets surprenans que produit l'harmonie de la Musique Italienne, quoique beaucoup moins chargée que la nôtre, qui en produit si peu. Ce qui ne signifie pas qu'il ne faille jamais remplir l'harmonie; mais qu'il ne faut la remplir qu'avec choix & discernement; ce n'est pas non plus à dire que, pour ce choix, le Musicien soit obligé de faire tous ces raisonnemens; mais qu'il en doit sentir le résultat. C'est à lui d'avoir du génie & du goût pour trouver les choses d'effet; c'est au Théoricien à en chercher les causes, & à dire pourquoi ce sont des choses d'effet.

Si vous jettez les yeux sur nos compositions modernes, sur-tout si vous les écoutez, vous reconnoîtrez bien-tôt que nos Musiciens ont si mal compris tout ceci, que, s'efforçant d'arriver au même but, ils ont directement suivi la route opposée; &, s'il m'est permis de vous dire naturellement ma pensée, je trouve que plus notre Musique se perfectionne en apparence, & plus elle se gâte en effet. Il étoit peut-être nécessaire qu'elle vînt au point où elle est, pour accoutumer insensiblement nos oreilles à rejetter les préjugés de l'habitude, & à goûter d'autres airs que ceux dont nos nourrices nous ont endormis; mais je prévois que, pour la porter au très-médiocre degré de bonté dont elle est susceptible, il faudra, tôt ou tard, commencer par redescendre ou remonter au point où Lulli l'avoit mise. Convenons que l'harmonie de ce célebre Musicien est plus pure & moins renversée; que ses Basses sont plus naturelles, & marchent plus rondement; que son chant est mieux suivi; que ses accompagnemens moins chargés naissent mieux du sujet, & en sortent moins; que son récitatif est beaucoup moins maniéré, & par conséquent beaucoup meilleur que le nôtre: ce qui se confirme par le goût de l'exécution; car l'ancien récitatif étoit rendu par les Acteurs de ce temps-là tout autrement que nous ne faisons aujourd'hui; il étoit plus vif & moins traînant; on le chantoit moins, & on le déclamoit davantage *. Les cadences, les ports de voix se sont multipliés dans le nôtre ; il est devenu encore plus languissant, & l'on n'y trouve presque plus rien qui le distingue de ce qu'il nous plaît d'appeller *air*.

Puisqu'il est question d'airs & de récitatifs, vous voulez bien, Monsieur, que je termine cette Lettre par quelques observations sur l'un & sur l'autre, qui deviendront peut-être des éclaircissemens utiles à la solution du problème dont il s'agit.

On peut juger de l'idée de nos Musiciens sur la constitution d'un Opéra, par la singularité de leur nomenclature. Ces grands morceaux de la Musique Italienne qui ravissent ; ces chef-d'œuvres de génie qui arrachent des

* Cela se prouve par la durée des Opéra de Lulli, beaucoup plus grande aujourd'hui que de son temps, selon le rapport unanime de tous ceux qui les ont vus anciennement. Aussi toutes les fois qu'on redonne ces Opera, est-on obligé d'y faire des retranchemens considérables.

larmes, qui offrent les tableaux les plus frappans, qui peignent les situations les plus vives, & portent dans l'ame toutes les passions qu'ils expriment, les François les appellent des *ariettes.* Ils donnent le nom d'*airs* à ces insipides chansonnettes, dont ils entre-mêlent les scenes de leurs Opéra, & réservent celui de *monologues* par excellence à ces traînantes & ennuyeuses lamentations, à qui il ne manque, pour assoupir tout le monde, que d'être chantées juste & sans cris.

Dans les Opéra Italiens tous les airs sont en situation & font partie des scènes. Tantôt c'est un pere désespéré, qui croit voir l'ombre d'un fils qu'il a fait mourir injustement, lui reprocher sa cruauté : tantôt c'est un Prince débonnaire, qui, forcé de donner un exemple de sévérité, demande aux Dieux de lui ôter l'empire, ou de lui donner un cœur moins sensible. Ici, c'est une mere tendre qui verse des larmes en retrouvant son fils qu'elle croyoit mort. Là, c'est le langage de l'amour, non rempli de ce fade & puérile galimathias de flammes & de chaînes, mais tragique, vif, bouillant, entrecoupé, & tel qu'il convient aux passions impétueuses. C'est sur de telles paroles qu'il sied bien de déployer toutes les richesses d'une Musique pleine de force & d'expression, & de renchérir sur l'énergie de la Poësie par celle de l'harmonie & du chant. Au contraire, les paroles de nos ariettes, toujours détachées du sujet, ne sont qu'un misérable jargon emmiellé, qu'on est trop heureux de ne pas entendre : c'est une collection faite au hazard du très-petit nombre de mots sonores que notre langue peut fournir, tournés & retournés de toutes les manieres, excepté de celle qui pourroit leur donner du sens. C'est sur ces impertinens amphigouris que nos Musiciens épuisent leur goût & leur sçavoir, & nos Acteurs leurs gestes & leurs poumons ; c'est à ces morceaux extravagans que nos femmes se pâment d'admiration ; & la preuve la plus marquée que la Musique Françoise ne sçait ni peindre, ni parler, c'est qu'elle ne peut développer le peu de beautés dont elle est susceptible, que sur des paroles qui ne signifient rien. Cependant, à entendre les François parler de Musique, on croiroit que c'est dans leurs Opéra qu'elle peint de grands tableaux & de grandes passions, & qu'on ne trouve que des ariettes dans les Opéra Italiens, où le nom même d'*ariette*, & la ridicule chose qu'il exprime, sont également inconnus. Il ne faut pas être surpris de la grossiereté de ces préjugés : la Musique Italienne n'a d'ennemis, même parmi nous, que ceux qui n'y connoissent rien ; & tous les François qui ont tenté de l'étudier dans le seul dessein de la critiquer en connoissance de cause, ont bien-tôt été ses plus zélés admirateurs *.

Après les ariettes, qui sont, à Paris, le triomphe du goût moderne, viennent les fameux monologues qu'on admire dans nos anciens Opéra. Sur quoi l'on doit remarquer que nos plus beaux airs sont toujours dans les monologues, & jamais dans les scènes, parce

* C'est un préjugé peu favorable à la Musique Françoise, que ceux qui la méprisent le plus soient précisément ceux qui la connoissent le mieux ; car elle est aussi ridicule quand on l'examine, qu'insupportable quand on l'écoute.

que nos Acteurs n'ayant aucun jeu muet, & la Musique n'indiquant aucun geste, & ne peignant aucune situation, celui qui garde le silence ne sçait que faire de sa personne, pendant que l'autre chante.

Le caractere traînant de la langue, le peu de fléxibilité de nos voix, & le ton lamentable qui regne perpétuellement dans notre Opéra, mettent presque tous les monologues François sur un mouvement lent; & comme la mesure ne s'y fait sentir ni dans le chant, ni dans la Basse, ni dans l'accompagnement, rien n'est si traînant, si lâche, si languissant que ces beaux monologues que tout le monde admire en bâillant. Ils voudroient être tristes, & ne sont qu'ennuyeux; ils voudroient toucher le cœur, & ne font qu'affliger les oreilles.

Les Italiens sont plus adroits dans leurs Adagio; car, lorsque le chant est si lent qu'il seroit à craindre qu'il ne laissât affoiblir l'idée de la mesure, ils font marcher la Basse par notes égales qui marquent le mouvement, & l'accompagnement le marque aussi par des subdivisions de notes, qui, soutenant la voix & l'oreille en mesure, ne rendent le chant que plus agréable, & sur-tout plus énergique par cette précision. Mais, la nature du chant François interdit cette ressource à nos Compositeurs; car, dès que l'Acteur seroit forcé d'aller en mesure, il ne pourroit plus développer sa voix ni son jeu, traîner son chant, renfler, prolonger ses sons, ni crier à pleine tête; & par conséquent il ne seroit plus applaudi.

Mais, ce qui prévient encore plus efficacement la monotonie & l'ennui dans les Tragédies Italiennes, c'est l'avantage de pouvoir exprimer tous les sentimens, & peindre tous les caracteres avec telle mesure & tel mouvement qu'il plaît au Compositeur. Notre mélodie, qui ne dit rien par elle-même, tire toute son expression du mouvement qu'on lui donne; elle est forcément triste sur une mesure lente, furieuse ou gaie sur un mouvement vif, grave sur un mouvement modéré : le chant n'y fait presque rien; la mesure seule, ou, pour parler plus juste, le seul degré de viteſſe détermine le caractere. Mais, la mélodie Italienne trouve dans chaque mouvement des expreſſions pour tous les caracteres, des tableaux pour tous les objets. Elle eſt, quand il plaît au Muſicien, triſte ſur un mouvement vif, gaie ſur un mouvement lent; &, comme je l'ai déja dit, elle change, ſur le même mouvement de caractere au gré du Compoſiteur; ce qui lui donne la facilité des contraſtes, ſans dépendre en cela du Poëte, & ſans s'expoſer à des contre-ſens.

Voilà la ſource de cette prodigieuſe variété, que les grands Maîtres d'Italie ſçavent répandre dans leurs Opéra, ſans jamais ſortir de la nature : variété qui prévient la monotonie, la langueur & l'ennui, & que les Muſiciens François ne peuvent imiter, parce que leurs mouvemens ſont donnés par le ſens des paroles, & qu'ils ſont forcés de s'y tenir, s'ils ne veulent tomber dans des contre-ſens ridicules.

A l'égard du récitatif, dont il me reſte à parler, il ſemble que, pour en bien juger, il faudroit une fois ſçavoir précisément ce que c'eſt ; car, juſqu'ici, je ne ſçache pas que, de tous ceux qui en ont diſputé, perſonne ſe ſoit aviſé de le définir. Je ne ſçais, Monſieur, quelle idée vous pouvez avoir de ce mot ; quant à moi, j'appelle récitatif une déclamation harmonieuſe, c'eſt-à-dire, une déclamation dont toutes les infléxions ſe font par intervalles harmoniques. D'où il ſuit que, comme chaque langue a une déclamation qui lui eſt propre, chaque langue doit auſſi avoir ſon récitatif particulier ; ce qui n'empêche pas qu'on ne puiſſe très-bien comparer un récitatif à un autre, pour ſçavoir lequel des deux eſt le meilleur, ou celui qui ſe rapporte le mieux à ſon objet.

Le récitatif eſt néceſſaire dans les drames lyriques, 1°. pour lier l'action & rendre le ſpectacle un. 2°. pour faire valoir les airs, dont la continuité deviendroit inſupportable. 3°. pour exprimer une multitude de choſes qui ne peuvent ou ne doivent point être exprimées par la Muſique chantante & cadencée. La ſimple déclamation ne pourroit convenir à tout cela dans un ouvrage lyrique, parce que la tranſition de la parole au chant, & ſur-tout du chant à la parole, a une dureté à laquelle l'oreille ſe prête difficilement, & forme un contraſte choquant qui détruit toute l'illuſion, & par conſéquent l'intérêt; car il y a une ſorte de vraiſemblance qu'il faut conſerver, même à l'Opéra, en rendant le diſcours tellement uniforme, que le tout puiſſe être pris au moins pour une langue hypothétique. Joignez à cela que le ſecours des accords augmente l'énergie de la déclamation harmonieuſe, & dédommage avantageuſement de ce qu'elle a de moins naturel dans les intonations.

Il eſt évident, d'après ces idées, que le meilleur récitatif, dans quelque langue que ce ſoit, ſi elle a, d'ailleurs, les conditions néceſſaires, eſt celui qui approche le plus de la parole; s'il y en avoit un qui en approchât tellement, en conſervant l'harmonie qui lui convient, que l'oreille ou l'eſprit pût s'y tromper, on devroit prononcer hardiment que celui-là auroit atteint toute la perfection dont aucun récitatif puiſſe être ſuſceptible.

Examinons maintenant sur cette règle ce qu'on appelle, en France, *récitatif;* & dites-moi, je vous prie, quel rapport vous pouvez trouver entre ce récitatif & notre déclamation ? Comment concevrez-vous jamais que la langue Françoise, dont l'accent est si uni, si simple, si modeste, si peu chantant, soit bien rendue par les bruyantes & criardes intonations de ce récitatif, & qu'il y ait quelque rapport entre les douces infléxions de la parole, & ces sons soutenus & renflés, ou plutôt ces cris éternels qui font le tissu de cette partie de notre Musique, encore plus même que des airs ? Faites, par exemple, réciter à quelqu'un qui sçache lire, les quatre premiers vers de la fameuse reconnoissance d'Iphigénie. A peine reconnoîtrez-vous quelques légeres inégalités, quelques foibles infléxions de voix dans un récit tranquille, qui n'a rien de vif, ni de passionné, rien qui doive engager celle qui le fait à élever ou abaisser la voix. Faites ensuite réciter par une de nos Actrices ces mêmes vers sur la note du Musicien, & tâchez, si vous le pouvez, de supporter cette extravagante criaillerie, qui passe à chaque instant de bas en haut, & de haut en bas, parcourt sans sujet toute l'étendue de la voix, & suspend le récit hors de propos pour *filer de beaux sons* sur des syllabes qui ne signifient rien, & qui ne forment aucun repos dans le sens.

Qu'on joigne à cela les fredons, les cadences, les ports de voix qui reviennent à chaque instant; & qu'on me dise quelle analogie il peut y avoir entre la parole & toute cette maussade prétintaille, entre la déclamation & ce prétendu récitatif. Qu'on me montre au moins quelque côté par lequel on puisse raisonnablement vanter ce merveilleux récitatif François, dont l'invention fait la gloire de Lulli.

C'est une chose assez plaisante que d'entendre les partisans de la Musique Françoise se retrancher dans le caractere de la langue, & rejetter sur elle des défauts dont ils n'osent accuser leur idole, tandis qu'il est de toute évidence que le meilleur récitatif qui peut convenir à la langue Françoise doit être opposé presque en tout à celui qui y eſt en uſage ; qu'il doit rouler entre de forts petits intervalles, n'élever, ni n'abaiſſer beaucoup la voix ; peu de ſons ſoutenus, jamais d'éclats, encore moins de cris, rien ſur-tout qui reſſemble au chant ; peu d'inégalité dans la durée ou valeur des notes, ainſi que dans leurs degrés. En un mot, le vrai récitatif François, s'il peut y en avoir un, ne ſe trouvera que dans une route directement contraire à celle de Lulli & de ſes ſucceſſeurs ; dans quelque route nouvelle, qu'aſſurément les Compoſiteurs François, ſi fiers de leur faux ſçavoir, &, par conſéquent, ſi éloignés de ſentir & d'aimer le véritable, ne s'aviſeront pas de chercher ſi-tôt, & que probablement ils ne trouveront jamais.

Ce ſeroit ici le lieu de vous montrer, par l'exemple du récitatif Italien, que toutes les conditions que j'ai ſuppoſées dans un bon récitatif, peuvent en effet s'y trouver ; qu'il peut avoir à la fois toute la vivacité de la déclamation, & toute l'énergie de l'harmonie ; qu'il peut marcher auſſi rapidement que la parole, & être auſſi mélodieux qu'un véritable chant ; qu'il peut marquer toutes les infléxions dont les passions les plus véhémentes animent le discours, sans forcer la voix du Chanteur, ni étourdir les oreilles de ceux qui écoutent. Je pourrois vous montrer comment, à l'aide d'une marche fondamentale particuliere, on peut multiplier les modulations du récitatif d'une maniere qui lui soit propre & qui contribue à le distinguer des airs, où, pour conserver les graces de la mélodie, il faut changer de ton moins fréquemment ; comment, sur-tout, quand on veut donner à la passion le temps de déployer tous ses mouvemens, on peut, à l'aide d'une symphonie habilement ménagée, faire exprimer à l'Orchestre, par des chants pathétiques & variés, ce que l'Acteur ne doit que réciter : chef-d'œuvre de l'art du Musicien, par lequel il sçait, dans un récitatif obligé *, joindre la mélodie la

* J'avois espéré que le sieur Caffarelli nous donneroit, au Concert Spirituel, quelque morceau de grand récitatif & de chant pathétique, pour faire entendre une fois aux prétendus connoisseurs ce qu'ils jugent depuis si long-temps ;

plus touchante à toute la véhémence de la déclamation, sans jamais confondre l'une avec l'autre. Je pourrois vous déployer les beautés sans nombre de cet admirable récitatif, dont on fait en France tant de contes aussi absurdes que les jugemens qu'on s'y mêle d'en porter ; comme si quelqu'un pouvoit prononcer sur un récitatif, sans connoître à fond la langue à laquelle il est propre. Mais, pour entrer dans ces détails, il faudroit, pour ainsi dire, créer un nouveau Dictionnaire, inventer à chaque instant des termes pour offrir aux Lecteurs François des idées inconnues parmi eux, & leur tenir des discours qui leur paroîtroient du galimathias. En un mot, pour en être compris, il faudroit leur parler un langage qu'ils entendissent, & par conséquent de sciences & d'arts de tout genre, excepté la seule Musique. Je n'entrerai donc point sur cette matiere dans un détail affecté qui ne serviroit de rien pour l'instruction

---

mais, sur ses raisons pour n'en rien faire, j'ai trouvé qu'il connoissoit encore mieux que moi la portée de ses Auditeurs.

des

des Lecteurs, & sur lequel ils pourroient présumer que je ne dois qu'à leur ignorance en cette partie la force apparente de mes preuves.

Par la même raison, je ne tenterai pas non plus le parallele qui a été proposé cet hyver dans un écrit adressé au petit Prophete & à ses adversaires, de deux morceaux de Musique, l'un Italien & l'autre François, qui y sont indiqués. La scene Italienne, confondue en Italie avec mille autres chef-d'œuvres égaux, ou supérieurs, étant peu connue à Paris, peu de gens pourroient suivre la comparaison; & il se trouveroit que je n'aurois parlé que pour le petit nombre de ceux qui sçavoient déja ce que j'avois à leur dire. Mais, quant à la scene Françoise, j'en crayonnerai volontiers l'analyse avec d'autant plus de plaisir, qu'étant le morceau consacré dans la nation par les plus unanimes suffrages, je n'aurai pas à craindre qu'on m'accuse d'avoir mis de la partialité dans le choix, ni d'avoir voulu soustraire mon jugement à celui des Lecteurs par un sujet peu connu.

Au reste, comme je ne puis examiner ce morceau sans en adopter le genre, au moins par hypothèse, c'est rendre à la Musique Françoise tout l'avantage que la raison m'a forcé de lui ôter dans le cours de cette Lettre ; c'est la juger sur ses propres regles : de sorte que, quand cette scene seroit aussi parfaite qu'on le prétend, on n'en pourroit conclure autre chose, sinon que c'est de la Musique Françoise bien faite ; ce qui n'empêcheroit pas que, le genre étant démontré mauvais, ce ne fût absolument de mauvaise Musique. Il ne s'agit donc ici que de voir si l'on peut l'admettre pour bonne, au moins dans son genre.

Je vais pour cela tâcher d'analyser en peu de mots ce célebre monologue d'Armide, *Enfin il est en ma puissance*, qui passe pour un chef-d'œuvre de déclamation, & que les Maîtres donnent eux-mêmes pour le modele le plus parfait du vrai récitatif François.

Je remarque d'abord que M. Rameau l'a cité avec raison en exemple d'une modulation exacte & très-bien liée : mais cet éloge, appliqué au morceau dont il s'agit, devient une véritable satyre ; & M. Rameau lui-même se seroit bien gardé de mériter une semblable louange en pareil cas : car, que peut-on penser de plus mal conçu que cette régularité scholastique dans une scene où l'emportement, la tendresse & le contraste des passions opposées mettent l'Actrice & les Spectateurs dans la plus vive agitation ? Armide furieuse vient poignarder son ennemi. A son aspect, elle hésite, elle se laisse attendrir, le poignard lui tombe des mains ; elle oublie tous ses projets de vengeance, & n'oublie pas un seul instant sa modulation. Les réticences, les interruptions, les transitions intellectuelles que le Poëte offroit au Musicien, n'ont pas été une seule fois saisies par celui-ci. L'Héroïne finit par adorer celui qu'elle vouloit égorger au commencement ; le Musicien finit en *E si mi*, comme il avoit commencé, sans avoir jamais quitté les cordes les plus analogues au ton principal, sans avoir mis une seule fois dans la déclamation de l'Actrice la moindre inflexion extraordinaire qui fît foi de l'agitation de ſon ame, ſans avoir donné la moindre expreſſion à l'harmonie : & je défie qui que ce ſoit d'aſſigner par la Muſique ſeule, ſoit dans le ton, ſoit dans la mélodie, ſoit dans la déclamation, ſoit dans l'accompagnement, aucune différence ſenſible entre le commencement & la fin de cette ſcene, par où le Spectateur puiſſe juger du changement prodigieux qui ſe fait dans le cœur d'Armide.

Obſervez cette Baſſe-continue. Que de croches ! que de petites notes paſſageres, pour courir après la ſucceſſion harmonique ! Eſt-ce ainſi que marche la Baſſe d'un bon récitatif, où l'on ne doit entendre que de groſſes notes, de loin en loin, le plus rarement qu'il eſt poſſible, & ſeulement pour empêcher la voix du récitant, & l'oreille du Spectateur de s'égarer ?

Mais voyons comment ſont rendus les beaux vers de ce monologue, qui peut paſſer en effet pour un chef-d'œuvre de Poéſie.

Enfin il eſt en ma puiſſance,

Voilà un *trille* *, &, qui pis eſt, un repos abſolu dès le premier vers, tandis que le ſens n'eſt achevé qu'au ſecond. J'avoue que le Poëte eût peut-être mieux fait d'omettre ce ſecond vers, & de laiſſer aux Spectateurs le plaiſir d'en lire le ſens dans l'ame de l'Actrice; mais puiſqu'il l'a employé, c'etoit au Muſicien de le rendre.

Ce fatal ennemi, ce ſuperbe vainqueur!

Je pardonnerois peut-être au Muſicien d'avoir mis ce ſecond vers dans un autre ton que le premier, s'il ſe permettoit un peu plus d'en changer dans les occaſions néceſſaires.

Le charme du ſommeil le livre à ma vengeance.

Les mots de *charme* & de *ſommeil*

* Je ſuis contraint de franciſer ce mot pour exprimer le battement de goſier que les Italiens appellent ainſi; parce que, me trouvant à chaque inſtant dans la néceſſité de me ſervir du mot de *cadence* dans une autre acception, il ne m'étoit pas poſſible d'éviter autrement des équivoques continuelles.

ont été pour le Musicien un piége inévitable ; il a oublié la fureur d'Armide, pour faire ici un petit somme, dont il se réveillera au mot *percer*. Si vous croyez que c'est par hazard qu'il a employé des sons doux sur le premier hémistiche, vous n'avez qu'à écouter la Basse : Lulli n'étoit pas homme à employer de ces dièses pour rien.

Je vais percer son invincible cœur.

Que cette cadence finale est ridicule dans un mouvement aussi impétueux ! Que ce trille est froid & de mauvaise grace ! Qu'il est mal placé sur une syllabe brève, dans un récitatif qui devroit voler, & au milieu d'un transport violent !

Par lui tous mes Captifs sont sortis d'esclavage :
Qu'il éprouve toute ma rage.

On voit qu'il y a ici une adroite réticence du Poëte. Armide, après avoir dit qu'elle va percer l'invincible cœur de Renaud, sent dans le sien les premiers mouvemens de la pitié, ou plutôt de l'amour ; elle cherche des raisons pour se raffermir, & cette transition intellectuelle amene fort bien ces deux vers, qui, sans cela, se lieroient mal avec les précédens, & deviendroient une répétition tout-à-fait superflue de ce qui n'est ignoré ni de l'Actrice, ni des Spectateurs.

Voyons, maintenant, comment le Musicien a exprimé cette marche secrette du cœur d'Armide. Il a bien vu qu'il falloit mettre un intervalle entre ces deux vers & les précédens, & il a fait un silence qu'il n'a rempli de rien, dans un moment où Armide avoit tant de choses à sentir, & par conséquent l'Orchestre à exprimer. Après cette pause, il recommence exactement dans le même ton, sur le même accord, sur la même note par où il vient de finir, passe successivement par tous les sons de l'accord durant une mesure entiere, & quitte enfin avec peine, & dans un moment où cela n'est plus nécessaire, le ton autour duquel il vient de tourner si mal-à-propos.

Quel trouble me saisit! Qui me fait hésiter?

Autre silence, & puis c'est tout. Ce

vers eſt dans le même ton, preſque dans le même accord que le précédent. Pas une altération qui puiſſe indiquer le changement prodigieux qui ſe fait dans l'ame & dans les diſcours d'Armide. La tonique, il eſt vrai, devient dominante par un mouvement de Baſſe. Eh! Dieux! il eſt bien queſtion de tonique & de dominante dans un inſtant où toute liaiſon harmonique doit être interrompue, où tout doit peindre le déſordre & l'agitation! D'ailleurs, une légere altération qui n'eſt que dans la Baſſe, peut donner plus d'énergie aux inflexions de la voix; mais jamais y ſuppléer. Dans ce vers, le cœur, les yeux, le viſage, le geſte d'Armide, tout eſt changé, hormis ſa voix: elle parle plus bas, mais elle garde le même ton.

Qu'eſt-ce qu'en ſa faveur la pitié me veut dire?
Frappons.

Comme ce vers peut-être pris en deux ſens différens, je ne veux pas chicanner Lulli pour n'avoir pas préféré celui que j'aurois choiſi. Cependant, il eſt incomparablement plus vif, plus animé, & fait mieux valoir ce qui ſuit. Armide, comme Lulli la fait parler, continue à s'attendrir en s'en demandant la cauſe à elle-même :

Qu'eſt-ce qu'en ſa faveur la pitié me veut dire ?

Puis tout d'un coup elle revient à ſa fureur par ce ſeul mot :

Frappons.

Armide, indignée, comme je la conçois, après avoir héſité, rejette avec précipitation ſa vaine pitié, & prononce vivement, & tout d'une haleine, en levant le poignard :

Qu'eſt-ce qu'en ſa faveur la pitié me veut dire ?
Frappons.

Peut-être Lulli même a-t-il entendu ainſi ce vers, quoiqu'il l'ait rendu autrement : car ſa note décide ſi peu la déclamation, qu'on lui peut donner ſans riſque le ſens que l'on aime mieux.

. . . . . Ciel ! qui peut m'arrêter ?
Achevons... je frémis. Vengeons-nous... je ſoupire.

Voilà certainement le moment le

plus violent de toute la ſcene. C'eſt ici que ſe fait le plus grand combat dans le cœur d'Armide. Qui croiroit que le Muſicien a laiſſé toute cette agitation dans le même ton, ſans la moindre tranſition intellectuelle, ſans le moindre écart harmonique, d'une maniere ſi inſipide, avec une mélodie ſi peu caractériſée, & une ſi inconcevable mal-adreſſe, qu'au lieu du dernier vers que dit le Poëte :

Achevons, je frémis. Vengeons-nous, je ſoupire.

Le Muſicien dit exactement celui-ci :

Achevons, achevons. Vengeons nous, vengeons-nous.

Les *trilles* font ſur-tout un bel effet ſur de telles paroles ! Et c'eſt une choſe bien trouvée que la cadence parfaite ſur le mot *ſoupire !*

Eſt-ce ainſi que je dois me venger aujourd'hui ?
Ma colere s'éteint, quand j'approche de lui.

Ces deux vers ſeroient bien déclamés, s'il y avoit plus d'intervalle entr'eux, & que le ſecond ne finît pas par une cadence pafaite. Ces cadences parfaites ſont toujours la mort de l'expreſſion, ſur-tout dans le récitatif François, où elles tombent ſi lourdement.

Plus je le vois, plus ma vengeance eſt vaine.

Toute perſonne qui ſentira la véritable déclamation de ce vers, jugera que le ſecond hémiſtiche eſt à contre-ſens; la voix doit s'élever ſur *ma vengeance*, & retomber doucement ſur *vaine.*

Mon bras tremblant ſe refuſe à ma haîne.

Mauvaiſe cadence parfaite; d'autant plus qu'elle eſt accompagnée d'un trille.

Ah! quelle cruauté de lui ravir le jour!

Faites déclamer ce vers à Mademoiſelle Dumeſnil, & vous trouverez que le mot *cruauté* ſera le plus élevé, & que la voix ira toujours en baiſſant juſqu'à la fin du vers: mais, le moyen de ne pas faire poindre *le jour*! Je reconnois là le Muſicien.

Je paſſe, pour abréger, le reſte de

cette ſcene, qui n'a plus rien d'intéreſſant, ni de remarquable, que les contre-ſens ordinaires, & des trilles continuels; & je finis par le vers qui la termine.

Que, s'il ſe peut, je le haïſſe.

Cette parenthèſe, *s'il ſe peut*, me ſemble une épreuve ſuffiſante du talent du Muſicien; quand on la trouve ſur le même ton, ſur les mêmes notes que *je le haïſſe*, il eſt bien difficile de ne pas ſentir combien Lulli étoit peu capable de mettre de la Muſique ſur les paroles du grand-homme qu'il tenoit à ſes gages.

A l'égard du petit air de guinguette qui eſt à la fin de ce monologue, je veux bien conſentir à n'en rien dire; & s'il y a quelques Amateurs de la Muſique Françoiſe qui connoiſſent la ſcene Italienne qu'on a miſe en parallele avec celle-ci, & ſur-tout l'air impétueux, pathétique & tragique qui la termine, ils me ſçauront gré, ſans doute, de ce ſilence.

Pour résumer en peu de mots mon sentiment sur ce célebre monologue, je dis que, si on l'envisage comme du chant, on n'y trouve ni mesure, ni caractere, ni mélodie : si l'on veut que ce soit du récitatif, on n'y trouve ni naturel, ni expression ; quelque nom qu'on veuille lui donner, on le trouve rempli de sons filés, de trilles, & autres ornemens du chant, bien plus ridicules encore dans une pareille situation, qu'ils ne le sont communément dans la Musique Françoise. La modulation en est réguliere, mais puérile par cela même, scholastique, sans énergie, sans affection sensible. L'accompagnement s'y borne à la Basse-continue, dans une situation où toutes les puissances de la Musique doivent être déployées ; & cette Basse est plutôt celle qu'on feroit mettre à un Écolier sous sa leçon de Musique, que l'accompagnement d'une vive scene d'Opéra, dont l'harmonie doit être choisie, & appliquée avec un discernement exquis, pour rendre la déclamation plus sensible, & l'expression plus vive. En un mot, si l'on s'avisoit d'exécuter la Musique de cette scene, sans y joindre les paroles, sans crier, ni gesticuler, il ne seroit pas possible d'y rien demêler d'analogue à la situation qu'elle veut peindre, & aux sentimens qu'elle veut exprimer ; & tout cela ne paroîtroit qu'une ennuyeuse suite de sons modulés au hazard, & seulement pour la faire durer.

Cependant ce monologue a toujours fait, & je ne doute pas qu'il ne fit encore un grand effet au théâtre, parce que les vers en sont admirables, & la situation vive & intéressante. Mais sans les bras & le jeu de l'Actrice, je suis persuadé que personne n'en pourroit souffrir le récitatif, & qu'une pareille Musique a grand besoin du secours des yeux pour être supportable aux oreilles.

Je crois avoir fait voir qu'il n'y a ni mesure, ni mélodie dans la Musique Françoise, parce que la langue n'en est pas susceptible ; que le chant François n'est qu'un aboiement continuel, insupportable à toute oreille non prévenue; que l'harmonie en eſt brute, ſans expreſſion, & ſentant uniquement ſon rempliſſage d'écolier; que les airs François ne ſont point des airs; que le récitatif François n'eſt point du récitatif: d'où je conclus que les François n'ont point de Muſique, & n'en peuvent avoir *;

* Je n'appelle pas avoir une Muſique, que d'emprunter celle d'une autre langue pour tâcher de l'appliquer à la ſienne; & j'aimerois mieux que nous gardaſſions notre mauſſade & ridicule chant, que d'aſſocier encore plus ridiculement la mélodie Italienne à la Françoiſe. Ce dégoûtant aſſemblage, qui peut-être fera déſormais l'étude de nos Muſiciens, eſt trop monſtrueux pour être admis, & le caractere de notre langue ne s'y prêtera jamais. Tout au plus, quelques Pieces comiques pourront-elles paſſer en faveur de la ſymphonie; mais je prédis hardiment que le genre tragique ne ſera pas même tenté. On a applaudi, cet Été, à l'Opéra-Comique, l'ouvrage d'un homme de talent, qui paroît avoir écouté la bonne Muſique avec de bonnes oreilles, & qui en a traduit le genre en François d'auſſi près qu'il étoit poſſible; ſes accompagnemens ſont bien imités, ſans être copiés; &, s'il n'a point fait de chant, c'eſt qu'il n'eſt pas poſſible d'en faire. Jeunes Muſiciens qui vous ſentez du talent,

ou que, ſi jamais ils en ont une, ce ſera tant pis pour eux.

Je ſuis, &c.

---

continuez de mépriſer en public la Muſique Italienne ; je ſens bien que votre intérêt préſent l'exige : mais hâtez-vous d'étudier en particulier cette langue & cette Muſique, ſi vous voulez pouvoir tourner un jour contre vos camarades le dédain que vous affectez aujourd'hui contre vos Maîtres.

APOLOGIE

APOLOGIE
DE
LA MUSIQUE
FRANÇOISE,

Contre le Sentiment de M. ROUSSEAU;

Par M. l'Abbé LAUGIER.

Noſtras qui deſpicit Artes
Barbarus eſt.....

AVERTISSEMENT.

JE souhaite que ceux qui liront cet Écrit soient dans les mêmes dispositions où j'ai été en le composant ; que ni la prévention pour les richesses de leur Pays, ni le penchant pour les modes étrangeres ne déterminent leur opinion ; qu'ils ne consultent que la raison & le sentiment, guides les plus nécessaires & les moins trompeurs dans l'étude des Arts. Toute dispute contre le goût national d'un peuple qui n'est rien moins que barbare, ne sçauroit être poussée avec trop de ménagement, soutenue avec trop de réserve, décidée avec trop de circonspection. L'autorité d'un homme tel que M. ROUSSEAU pourroit faire illusion dans une matiere qui est du ressort de l'esprit & du goût. Son style nerveux & plein de feu, la fécondité de ses pensées, la force de ses raisonnemens, l'é-

tendue de ſes connoiſſances ſont des armes très-dangereuſes entre les mains d'un ennemi. N'en ayant point de pareilles à lui oppoſer, je n'aurois point entrepris de lui faire réſiſtance, ſi je n'avois été enhardi par la bonté de la cauſe que j'ai à défendre.

APOLOGIE
DE
LA MUSIQUE
FRANÇOISE.

J'Avois toujours cru que notre Musique n'étoit pas sans défauts ; mais je n'imaginois point que sérieusement on entreprît de nous prouver, que les François n'ont point de Musique ; qu'ils n'en peuvent avoir ; que, si jamais ils en ont une, ce sera tant pis pour eux.

Par quelle fatalité la Musique seroit-elle donc le seul des Arts dont nous ne pourrions atteindre la perfection ? On nous permet de croire que nous excellons dans tous les autres Arts ; on nous interdit dans celui-ci jusqu'à l'espérance du succès le plus médiocre. Notre Musique n'est que du bruit, notre chant un aboiement continuel, notre harmonie est brute, nous n'avons ni mélodie, ni mesure. Cette barbarie qu'on nous attribue, on la suppose tellement essentielle à notre nation, qu'on nous décide dans l'impossibilité absolue de nous en défaire. Le reproche est au moins outré ; &, malgré l'opinion avantageuse que j'ai des lumieres & des connoissances de Monsieur Rousseau, je crois fermement qu'il nous fait injustice.

Examinons sur quoi il se fonde pour nous traiter si durement. Toute Musique nationale tire, dit-il, son principal caractere de la qualité du langage : or la langue Françoise n'est point du tout propre à la Musique : donc les François n'ont point de Musique & ne sçauroient en avoir. Tel est en substance le raisonnement qu'il inculque avec beaucoup de confiance, & qu'il développe avec beaucoup d'art. Malheureusement le principe est faux, & l'application encore plus fausse : c'est ce que je vais tâcher de rendre sensible.

I.

Pour mettre de l'ordre & de la clarté dans la discussion de ces deux points importans, avant toutes choses, convenons des termes, & du sens qu'il est nécessaire d'y attacher. Qu'est-ce que la Musique ? C'est, si je ne me trompe, l'art de peindre & d'émouvoir par le moyen des sons. Je m'en tiendrai à cette définition, jusqu'à ce qu'on m'en donne une meilleure ; & je crois, tout bien examiné, que c'est la plus exacte qu'on en puisse donner. La Musique a le même objet que la Peinture & la Poésie. Parler à l'imagination & remuer l'ame, c'est la destination commune de ces trois Arts. Ils ne différent que par les routes particulieres que chacun prend diversement, pour arriver au même but. La Poésie emploie les richesses du style, & la cadence du vers ; la Peinture a les lignes & les couleurs à son usage ; à la Musique appartiennent l'harmonie, la mesure & le chant. Des sons qui font image & qui excitent le sentiment sont donc de la vraie Musique. Si l'image est bien naturelle & bien vive, si le senment a de la force & de la vérité, la Musique est excellente.

Ce principe établi, les conséquences sont toutes au désavantage de M. Rousseau. Il suit de-là évidemment que le caractere d'une Musique nationale ne dépend point de la qualité du langage; mais de la mesure du génie. C'est le génie, & le génie lui seul qui enfante ce que la Musique a de plus aimable & de plus touchant. Ses tendres douceurs, ses vivacités légeres, ses langueurs tristes & sombres, ses duretés, ses fureurs, ses rapidités, ses désordres, sont le fruit, non d'une langue qui se prête plus ou moins facilement aux charmes de la mélodie; mais d'un esprit qui se livre à des inventions pleines de feu, & qui assujettit l'harmonie à ses idées.

Quoi qu'on en dise, le vrai génie est de toutes les nations. Si la Nature n'a pas eu pour elles une libéralité uniforme, ses prédilections & ses rigueurs n'ont jamais été jusqu'à tout donner aux unes, & tout refuser aux autres. Les grands talens, plus ordinaires en certains climats, ne sont nulle part des fruits contre nature. N'incidentons point ſur l'aigreur & la rudeſſe du langage. Toute nation où le génie fait briller ſon flambeau, peut avoir de la vraie Muſique. Par-tout où je trouve des Peintres & des Poètes, je puis rencontrer des Muſiciens. Dès que l'imagination & le ſentiment me ſecondent, le principal eſt fait. Pour produire du beau, de l'excellent en Muſique, il ne me reſte qu'à bien uſer des moyens que l'Art me préſente. L'étude me les fait connoître, la pratique me les rend familiers, l'expérience m'en démontre les effets divers, & j'en fais des choix plus ou moins heureux, ſelon que j'en ai des idées plus ou moins préciſes.

La mélodie, l'harmonie & la meſure ſont, comme dit très-bien M. Rouſſeau, les ſeules reſſources du génie muſical. La mélodie détermine la ſucceſſion des ſons, l'harmonie en regle l'union, la meſure en fixe la durée. Que fait à tout cela le langage ? On peut compoſer des chants très-mélodieux, les accompagner d'une harmonie très-pure, y joindre l'extrême préciſion de la meſure, ſans y mettre de paroles.

Cette Musique où le langage n'entrera pour rien, n'aura-t-elle pas un caractere & une expression ? Ne sera-t-elle pas de la vraie Musique ? Le Compositeur inventera son sujet plus ou moins bien, il lui donnera des graces plus ou moins piquantes, il le traitera avec plus ou moins d'énergie : non selon qu'il sera Italien ou François ; mais selon qu'il aura plus ou moins de génie.

Il ne sert de rien d'avancer que, dans l'état actuel de la Musique Françoise, la mélodie est insipide, l'harmonie est confuse, la mesure ne se sent point. Ces défauts, quand ils seroient aussi réels qu'on le suppose, prouveroient, tout au plus, que nous manquons actuellement d'habiles Compositeurs, & non pas que ce vice de composition est un vice national essentiellement causé par le caractere de notre langue. La langue Latine est commune à toutes les nations. S'il étoit vrai que la Musique tire son principal caractere de la qualité du langage, les paroles Latines mises en chant devroient produire dans tous les pays le même caractere de Musique. Or le contraire est évidemment certain. Le goût national ſe fait également ſentir dans le chant du Latin & du François ; & nos Motets ſont auſſi différens des Motets à l'Italienne, que Lulli différe du Pergoleſe. Il faut donc reconnoître que la qualité du langage ne fait rien au caractere de la Muſique ; & que, malgré notre vilain & mauſſade François, nous pouvons, ſi nous avons du génie, compoſer de très-beaux chants. Tout le monde ſçait qu'une langue douce & ſonore fournit plus aiſément, & avec plus d'abondance, des paroles propres à être chantées. Mais enfin ce n'eſt point des paroles que la Muſique tire ſon expreſſion. Elles ne ſervent qu'à déſigner l'objet que le Muſicien a dû peindre, le ſentiment qu'il a dû exciter. Elles offrent l'explication du tableau : le tableau n'en ſera pas moins bon, parce que l'explication eſt mauvaiſe.

II.

L'application du principe eſt encore plus fauſſe que le principe même. Je conviens avec M. Rouſſeau, qu'il y a des langues plus ou moins propres à la Muſique ; mais je n'ai garde de lui paſſer que la langue Françoiſe n'y eſt point propre du tout. L'artifice avec lequel il oppofe nos fons mixtes, nos fyllabes muettes, fourdes & nafales, la dureté de nos confonnes & de nos articulations, à la douceur de la langue Italienne, où les articulations font peu compofées, la rencontre des confonnes rare & fans rudeffe, la prononciation facile & coulante, les voyelles fonores & pleines d'éclat, prouve à la vérité que l'Italien a de grands avantages fur le François; mais ce n'eft pas là de quoi il s'agit. Pour juftifier l'exclufion dont on nous menace, il auroit fallu nous convaincre, que non-feulement il y a des duretés dans notre langue; mais que tout en eft dur, aigre, rude, fourd, criard.

Nous gémiffons depuis long-temps des imperfections de notre langue; mais nous prétendons avec raifon que, fans être fufceptible d'une douceur extrême, il dépend de ceux qui la poffédent & la parlent bien, d'en tempérer heureufement la dureté. Nos bons Auteurs trouvent le moyen d'adoucir & de cadencer leur ftyle, de lui donner une tournure légere & coulante, d'en régler la marche; ici, avec une grave & pompeufe lenteur ; là, avec une volubilité vive & brillante ; tantôt avec une tranquillité ſimple & naturelle ; tantôt avec fougue, rapidité, précipitation.

Si la langue Françoiſe n'avoit ni douceur, ni harmonie, où en ſeroient nos Poètes ? Comment viendroient-ils à bout de faire des vers ? Notre Cenſeur voudroit-il nous rendre encore la verſification impoſſible ? Il eſt trop inſtruit de nos ſuccès, pour nous conteſter en ce point la poſſeſſion où nous ſommes de ne le céder qu'aux Romains & aux Grecs. Le nom qu'il porte reclameroit contre ſon injuſtice, en rappellant le ſouvenir d'un Poète, dont on peut bien nous reprocher les malheurs ; mais dont il eſt impoſſible de méconnoître les talens. Quelle Muſe lyrique a jamais mieux connu la pureté & les fineſſes de l'harmonie, pour en faire un uſage plus régulier & plus conſtant ? Les Odes, les Cantates de l'immortel Rouſſeau, ne réuniſſent-elles pas tout le feu de la Poéſie, toutes les graces de la verſification ? Cet Auteur a connu les vraies richeſſes de notre langue. Douce & ſonore dans ſes vers, elle flatte l'oreille délicieuſement. Le pinceau le plus moëlleux ne fondit jamais les couleurs d'une maniere plus ſuave. Cet exemple, qui n'eſt pas unique parmi nous, montre que les duretés de notre langue diſparoiſſent, ſous une plume qui la manie habilement.

M. Rouſſeau y penſe-t-il, lorſqu'il ſoutient que nous n'avons point de proſodie, ou que nous n'avons qu'une proſodie fort incertaine? Pour moi, qui ſuis bien éloigné de connoître toutes les propriétés de notre langue, je crois ſentir que nous avons une proſodie, & qu'elle n'a rien d'incertain. N'avons-nous pas des longues & des brèves? Les unes & les autres ne ſont-elles pas ſuffiſamment déterminées par l'uſage? Leur arrangement eſt-il arbitraire? Leur déplacement n'eſt-il pas toujours vicieux? Quiconque a une exacte connoiſſance de la langue Françoiſe, eſt perſuadé qu'il n'y a pas plus d'indétermination ſur la longueur & la brièveté de nos ſyllabes, que ſur la ſignification propre de nos mots en apparence les plus ſynonymes. Je doute même qu'on réuſſiſſe jamais à bien parler & à bien écrire, tandis qu'on abandonnera l'étude de cette prosodie occulte, qui, pour être négligée, n'en est pas moins existante.

Il est certain qu'il y a un arrangement de mots qui donne de l'harmonie à nos phrases. Cet arrangement consiste à éviter les rencontres dures, à varier la nature & la durée des sons, à semer dans le style d'agréables liaisons & des repos cadencés. Tout cela se pratique aisément, quand on possede bien la langue; mais rien de tout cela ne peut se faire, sans une prosodie réguliere, qui donne à la durée de chaque syllabe un temps déterminé. Si l'on ne sent point dans certains écrits de nos Auteurs cette harmonie de style, leur négligence ne doit point faire imputer à la langue Françoise des imperfections qu'elle n'a pas. Ce n'est point par les abus qu'on y introduit, c'est par les beautés dont elle est susceptible, qu'on doit juger de son mérite.

Nous avons des longues & des brèves comme dans le Latin. Leur combinaison n'est pas plus arbitraire dans nos vers qu'elle l'est dans la versification

Latine. Parmi nous la rime ſeule ne fait pas le vers; il y faut une meſure & des repos. Lorſque le vers eſt bien fait, la cadence en eſt ſi marquée, que naturellement ſa déclamation dégénere en une eſpece de chant. Que dis-je ? il ſeroit poſſible, ſi on vouloit s'en donner la peine, de fixer dans nos vers comme dans les vers Latins, non-ſeulement le nombre des ſyllabes; mais la quantité propre de chacune, d'en preſcrire & d'en borner toutes les variations.

Pour établir l'incertitude de notre proſodie, M. Rouſſeau nous oppoſe que nous avons des longues plus longues les unes que les autres. J'en conviens, & je ne ſçais s'il pourroit nous citer une ſeule langue vivante, où ce prétendu défaut ne ſe rencontre pas. Le Latin, qui en paroît exempt, l'étoit-il en effet dans la bouche des Romains ? Ce défaut, ſi c'en eſt un, ne ſçauroit mettre d'incertitude dans notre proſodie, parce qu'après tout, le plus ou le moins de longueur de nos ſyllabes n'a rien d'indéterminé. Nous ſçavons préciſément quelles ſont les ſyllabes qui demandent une prononciation plus ou moins allongée.

gée. Je crois au reste que ces longues plus longues n'ont rien en elles-mêmes de vicieux. Il me semble qu'elles ajoûtent de l'agrément, en fournissant un moyen de varier l'harmonie, par une plus grande variété de prononciation.

La langue Françoise n'est donc point essentiellement dépourvue de douceur & d'harmonie. Les beaux vers de nos Poètes garantiront cette vérité à tous ceux qui les connoissent. Il est faux par conséquent que la langue Françoise ne soit point du tout propre à la Musique. Qu'on dise qu'il faut réfléchir beaucoup & peiner un peu pour lui donner un caractere mélodieux, il en résultera une facilité moins grande que dans l'Italien, nous l'avouons; mais ce qui n'est que difficile ne doit point être traité de chimérique, & M. Rousseau a trop de hardiesse dans l'esprit pour confondre ces deux idées. Nous pouvons donc avoir de la Musique, &, si nous en avons une, ce ne sera pas tant pis pour nous.

III.

Notre ingénieux Censeur ne se borne

point à présumer les vices de notre Musique des défauts de notre langue. Il attaque notre Musique en elle-même : il ne lui trouve que des ornemens puériles, ridicules, gothiques, nulle imagination, nul feu, nulle expression. Ce n'est donc pas assez d'avoir contre lui obtenu le droit ; il faut malgré lui établir le fait.

Je n'imiterai point sa partialité pour la Musique ultramontaine. Par enthousiasme pour notre goût national, je ne répondrai point en récriminant. Si je voulois user de tous mes avantages, j'aurois bien des raisonnemens à faire sur les singularités de cette Musique Italienne, qu'on nous donne hardiment pour la meilleure & l'unique. Mais laissons aux Italiens leur genre ; je demande seulement qu'on veuille bien aussi nous laisser le nôtre. Les diversités de manieres sont les richesses des Arts, & les goûts exclusifs sont communément des goûts aveugles. Mon devoir est de prouver que nous avons de la bonne & de l'excellente Musique ; & je vais y procéder incessamment. Distinguons dans la Musique la composition

& l'exécution, deux parties très-différentes que je traiterai l'une après l'autre. La premiere eſt l'effet du génie; la ſeconde ne demande que de l'exercice & de l'habitude.

IV.

Tous nos Compoſiteurs ne ſe reſſemblent point. La nature nous a ſervis en cela comme en tout le reſte : elle nous a donné du bon, du médiocre, & du mauvais. Il ne ſera queſtion ici que des plus diſtingués, & de leurs meilleurs ouvrages; parce que c'eſt ſur la valeur de ceux-là qu'on doit nous apprécier, ſi l'on veut être juſte. Pour parler avec liberté, je ne nommerai aucun des vivans.

Le mérite de toute compoſition muſicale conſiſte dans l'énergie de l'expreſſion; je veux dire, dans l'art avec lequel le Compoſiteur manie les ſons & l'harmonie pour peindre le tableau, & exciter le ſentiment qui eſt propre de ſon ſujet. Ce qui rend une compoſition parfaite, c'eſt lorſque l'expreſſion eſt vive & naturelle, lorſqu'elle a des graces & de la nouveauté. Une expreſſion, au reſte, n'eſt point vive par le plus ou moins de temps que l'on met à la prononcer; elle eſt vive, lorſqu'elle apporte avec elle une grande lumiere, & qu'elle met ſon objet dans un beau jour; ce qui peut avoir lieu dans les mouvemens les plus lents, comme dans les plus précipités de la meſure. Une expreſſion n'eſt point naturelle, quand il y a de la recherche, & que l'artifice en eſt trop reſſenti : la nature a toujours quelque choſe de ſimple & de négligé. Les graces de l'expreſſion viennent du tour noble, élégant, ou ingénu qu'on lui donne. La nouveauté de l'expreſſion ſuppoſe qu'elle n'eſt ni commune, ni imitée; ce qui en rend le plaiſir d'autant plus piquant, qu'il n'a aucun des défauts attachés à l'habitude. Enfin quand l'expreſſion a toutes les qualités que je viens de dire, on doit la regarder comme une expreſſion heureuſe & parfaite.

Voyons préſentement ſi, parmi nos habiles Compoſiteurs, il n'en eſt aucun qui ait poſſédé le talent de l'expreſſion à un degré ſupérieur. Je crois le reconnoître dans un assez grand nombre ; mais particulierement dans les Œuvres de Lulli, de Clérambaud, de Campra & de la Lande. Ce n'est pas que ces grands-hommes aient toujours également réussi ; & quel est le génie qui n'a pas ses intervalles d'activité & de langueur ? Mais dans leurs beaux endroits, ils me plaisent, ils me ravissent, ils me transportent.

Lorsque j'entreprends de conserver à Lulli le rang distingué dont il a joui autrefois, & qu'aujourd'hui la frivolité lui dispute, je prévois que mon opinion passera dans l'esprit des Novateurs pour le radotage d'un homme à vieux préjugés. Ils se réuniront tous à M. Rousseau pour me dire avec chaleur, ce que j'ai souvent entendu avec impatience, que Lulli n'a point fait de Musique ; qu'il en étoit incapable ; que ses airs sont des airs de guinguette ; que son récitatif fait bâiller & dormir ; que ses chœurs sont misérables ; que c'est insulter les gens, de citer un aussi plat personnage, pour donner l'idée d'un Compositeur. Doucement, Messieurs ; tâchez d'en dire moins, si vous voulez être crus.

Lulli n'eſt plus à la mode ; mais vous n'ignorez point qu'il a fait les délices d'un ſiecle qui, de l'aveu de tout l'Univers, a été pour nous le ſiecle de la perfection en tout genre. On ne dédaigne Lulli, que parce qu'il eſt trop connu. Ses beautés, qui dans leur primeur firent des impreſſions ſi vives, ont perdu leur éclat depuis que la trop grande habitude en a uſé le ſentiment. Il en eſt de lui, comme de Corneille & de Racine qui ne ſont plus d'uſage, parce que tout le monde les ſçait par cœur. Les chants de Lulli n'ont perdu aucune de leurs graces ; il ne leur manque que le mérite de la nouveauté. Ils ont plu trop longtemps pour plaire encore.

Lulli n'eſt plus à la mode. Prenez garde que ce ne ſoit une nouvelle preuve de la dépravation de goût qu'on reproche à notre ſiecle. Depuis qu'une inſenſibilité humiliante aux charmes naïfs de la belle nature a fait recourir au ſingulier, à l'affecté, au précieux, au phébus pour produire l'intérêt, il n'eſt pas ſurprenant que des hommes qui ne ſe plaiſent qu'aux ſaillies puériles, aux idées abſtraites, aux figures outrées, au ſtyle confus & énigmatique, quand on leur rappelle l'élégante ſimplicité des chants de Lulli, n'y trouvent qu'une froide monotonie & une aſſommante peſanteur.

Lulli n'eſt plus à la mode. Cependant auprès de tous ceux qui aiment le naturel & la vérité, ſa Muſique triomphe encore du caprice qui veut en vain la proſcrire. Il faut même qu'elle ait des charmes bien intéreſſans, puiſque toûtes les cenſures immodérées qu'on en fait inceſſamment, n'empêchent pas qu'on n'y revienne; & mille nouveautés éphémeres qu'on leur ſubſtitue, ne font qu'en réchauffer le ſentiment.

Quelle force, quelle ſageſſe dans les expreſſions de Lulli! Si la tendreſſe l'inſpire, rien n'eſt plus doux, plus affectueux, plus touchant que ſa mélodie. Elle pénètre l'ame ſans violence, pour y produire une aimable rêverie, une délicieuſe langueur. S'il ſe trouve dans des ſituations triſtes & déplorables, ſes ſons gémiſſans, ſon harmonie lugubre opèrent la déſolation dans les cœurs. Quelle eſt ſon aménité dans les sujets joyeux ; son énergie dans les pensées terribles ; son agitation, son désordre dans les transports de la colere, ou les fureurs du désespoir ! Que tout chez lui est excellemment caractérisé ! C'est un génie qui prend toutes sortes de formes, qui se prête à toutes sortes d'intérêts. Il s'éleve, il se soutient, il s'interrompt : fécond dans ses inventions, correct dans ses dessins, heureux dans ses choix, judicieux dans ses ornemens, varié dans ses tours, contrasté dans ses détails, il observe toutes les bienséances, il évite tous les excès ; exact sans servitude, naturel sans négligence, plein d'art & de simplicité, toujours facile & gracieux, toujours diversifié, & toujours le même. Je ne m'amuserai point à en citer des morceaux au hazard. Il n'est aucun de ses ouvrages où l'on ne rencontre de ces mâles sublimités, de ces ingénuités délicates ausquelles le cœur ne peut résister.

Vous qui blâmez les *Duo* & les chœurs de Lulli, parce qu'ils vous paroissent unis & sans travail, ne craignez-vous point que je ne prenne cette censure pour un éloge ? Non, vous ne m'entendrez jamais répondre, avec quelques-uns de ses aveugles panégyristes, que Lulli a été obligé de simplifier beaucoup les choses par la difficulté de l'exécution dans un temps où les voix & les instrumens n'avoient qu'une habileté médiocre. Et pourquoi chercher à ce grand-homme des justifications dont il n'a nullement besoin ? Lulli pensoit trop bien, pour croire que, dans une Musique faite pour plaire, il fallût exagérer & faire sentir le travail. Ce n'est point par nécessité, c'est à dessein & avec connoissance de cause, qu'il n'a jamais voulu quitter son air uni & son caractere facile. Jaloux de charmer le cœur, & non d'étonner l'esprit, il a si bien fait, que toutes ses compositions paroissent avoir coulé de source ; on diroit qu'elles n'ont coûté aucun effort, & c'est bien ici le cas d'appliquer le mot, *arte che tutto fà, nulla si scuopre.*

Plus on connoîtra Lulli, plus on estimera son beau génie. Il a toutes les parties essentielles qui font le grand Musicien. Plusieurs ont excellé au-dessus de lui dans quelques-unes ; personne n'en a réuni un ſi grand nombre, & dans un degré ſi parfait. Ses ouvrages ſont comme les tableaux de Raphaël, inférieurs à ceux de Michel-Ange pour la fierté du deſſin, à ceux du Titien pour l'artifice du coloris, à ceux du Corrége pour l'eſprit & les graces, à ceux de Jules Romain pour l'imagination & le feu; ſupérieurs à tous par la réunion de toutes les parties qui rendent un tableau précieux. Ceux à qui la Muſique de Lulli eſt inſipide, je leur conſeille de mépriſer les Peintures de Raphaël.

M. Rouſſeau, malgré ſes préventions, n'a pu s'empêcher de dire de Lulli : « Convenons que l'harmonie de ce célebre Muſicien eſt plus pure & moins » renverſée, que ſes Baſſes ſont plus » naturelles & marchent plus rondement, que ſon chant eſt mieux ſuivi, » que ſes accompagnemens moins chargés naiſſent mieux du ſujet & en ſortent moins, que ſon récitatif eſt beaucoup moins maniéré, & par conſéquent beaucoup meilleur que le nôtre ». Cet aveu eſt conſidérable dans un adverſaire qui prétend ôter à Lulli jufqu'à la capacité de faire de la Mufique; auffi ne fignifie-t-il de fa part que l'attribution d'une fupériorité fort peu importante fur nos Compofiteurs modernes; fupériorité qui rend la Mufique de Lulli moins mauvaife, fans pouvoir jamais la décider bonne.

J'en appelle à tous ceux qui ont l'intelligence du vrai beau, & qui ont le bon fens de le faire confifter dans la fimplicité des idées, & le naturel des expreffions. Ils ne me défavoueront pas, lorfque je dirai : heureux le temps où parmi nous la Poéfie avoit fes Rouffeau, la Peinture fes le Sueur, la Mufique fes Lulli ! Heureux les éleves qui iront à l'école de ces grands Maîtres ! Vous tous qui afpirez à la gloire de charmer nos oreilles, étudiez le grand Lulli, étudiez-le fans ceffe. Il n'eft pas feulement le créateur de notre Mufique : il eft le Maître & le modele de tous nos vrais Muficiens.

Dans le genre des Cantates, je ne crains pas de nommer l'ingénieux Clérambaud. En le confidérant du côté de l'expreffion, il doit paffer pour un homme rare. Son chant auſſi favorable à la voix, que flatteur pour l'oreille, eſt plein de naturel, & orné de mille graces. Que peut-on deſirer dans ſon récitatif? Que la mélodie en eſt douce! Que les variations en ſont fines! Que cet homme connoît bien toutes les routes qui menent au cœur!

Ce n'eſt point ce récitatif imaginaire dont parle M. Rouſſeau, qui, ſelon lui, doit différer ſi peu de la ſimple déclamation, qu'on ſoit tenté de croire que la perſonne qui exécute, parle & ne chante point. Juſqu'à ce qu'il ait réuſſi à donner de l'exiſtence à ce ſingulier être de raiſon, nous croirons que le récitatif & la déclamation ſont deux manieres eſſentiellement différentes, faites l'une & l'autre pour peindre la choſe; mais par des voies éloignées entr'elles de tout l'intervalle qui ſépare la parole du chant. La déclamation ſeroit vicieuſe, ſi elle devenoit chantante: le récitatif ſeroit difforme, s'il n'étoit que parlant. Ne confondons point des Arts qui, quoique limitrophes, n'ont rien de commun. Laiſſons à chacun ſon expreſſion particuliere. Chanter & parler ſont deux modifications de la voix si opposées, qu'on ne sçauroit en produire une mitoyenne qui tienne des deux, & qui les réunisse en quelque sorte. Le récitatif doit donc toujours être du chant. S'il exprime, s'il peint, quelque figurée qu'en soit la mélodie, il est bon.

Il me paroît que le récitatif de Clérambaud a ce touchant caractere : il me plaît par la grande naïveté des images, & l'extrême franchise des expressions. Si le chant en est enrichi & figuré, c'est sans superfluité & sans luxe. Je n'y vois que la nature ornée, & la parure est de si grand goût, que, bien loin d'effacer les beautés du sujet, elle les releve.

Je n'admire pas moins cet aimable Compositeur dans ses Ariettes dessinées avec légéreté, traitées avec enjouement, touchées avec tendresse, maniées avec tout l'esprit possible. Ici je ne puis me faire entendre qu'à ceux qui, prenant le livre à la main, auront la bonne-foi de se livrer au sentiment de la chose, & qui, n'opposant aucun obstacle volontaire à la séduction, jugeront de la bonté de l'effet sur la garantie du plaisir qu'ils éprouveront. Ce plaiſir ſera déja dans pluſieurs affoibli par l'habitude ; mais, s'il eſt nouveau, j'oſe aſſurer qu'il ſera vif.

Paſſons à un autre genre de Muſique, qui fut toujours parmi nous le plus parfait, & dans lequel nous avons peut-être mieux réuſſi que toute autre nation. Je parle de nos Motets. Autant le Latin ſurpaſſe en énergie toutes les langues vivantes, autant la ſublimité des Pſeaumes efface toute Poéſie humaine ; autant les beaux Motets de nos grands Compoſiteurs ſont au-deſſus de preſque toute Muſique connue.

Deux hommes ſe ſont particulierement diſtingués dans la compoſition de nos chants religieux, Campra & la Lande. Campra, l'un des plus beaux génies, pour la Muſique, qui aient jamais paru, dut tout à la Nature, & n'eut beſoin d'étude que pour développer toutes les reſſources de ſa brillante imagination. La Lande, moins heureuſement né pour arriver à la perfection, fut obligé de s'en frayer la route par un travail aſſidu & opiniâtre. Le premier, plus fécond & plus hardi, fut quelquefois la dupe de ſa facilité trop grande. Le ſecond, plus ſage & plus réſervé, fut ſouvent trop eſclave de ſa ſévere correction. Campra, eſprit vif & léger, ne ſe donna point la peine de limer & de finir ſes ouvrages ; tout y paroît touché au premier coup ; mais avec un ſi prodigieux naturel, qu'on croiroit que ſes chants ſe ſont faits d'eux-mêmes ; que, pour les compoſer, il n'a eu beſoin que d'écrire. La Lande, eſprit lent & méditatif, n'a rien produit qui ne ſoit extrêmement travaillé ; on ſent qu'il y eſt revenu à pluſieurs fois ; qu'il a touché & retouché ; qu'il n'a réuſſi qu'à force d'étude & de patience. Campra n'a preſque jamais été médiocre ; ou il eſt ſublime, ou il eſt plat : ou il n'exprime point, ou il exprime divinement : c'eſt un feu qui brille & s'éteint ; il a des ſaillies qui enchantent, & des chûtes qui révoltent ; quand il a des graces, il les a toutes ; quand il plaît, perſonne ne plaît autant que lui. La Lande, plus ſoutenu, eſt aſſez égal à lui-même : il n'eſt pas habituellement ſublime ; il n'eſt jamais rempant : la Nature ne le ſert pas toujours bien ; l'Art ne l'abandonne jamais : on trouve rarement chez lui de ces morceaux aimables, que Campra rend ſi ingénus & ſi touchans, quand il s'aviſe de bien faire; mais on n'y voit point, comme dans Campra, de ces lieux communs & triviaux, qui ſont le ſupplice des oreilles délicates. Le caractere de la Lande eſt plus ſérieux; celui de Campra eſt plus riant : la Muſique du premier eſt toujours plus ſavante; celle du ſecond eſt habituellement plus vraie. La Lande eſt un Artiſte qu'on eſtime davantage; Campra eſt un ſéducteur qu'on aime infiniment.

Conſidérons ſéparément ces deux grands-hommes, & rappellons ici, pour l'honneur de la Muſique Françoiſe, quelques-uns de leurs ouvrages les plus connus. Je vais y procéder ſans affectation & ſans choix. Je demande à M. Rouſſeau, ſi les petits Motets de Campra ne ſont pas de la Muſique. J'ouvre, & je vois un *Paratum cor meum*, qui eſt bien une des plus jolies choſes qu'on puiſſe entendre. Tout y reſpire la pure joie, la tendre onction qu'éprouvent les ames vertueuſes & innocentes. Quel naturel! quelle variété! Eſt-il une mélodie plus

plus simple & plus délicieuse ? Peut-on peindre plus célestement la situation d'une ame qui est pleine de son Dieu, qui l'admire, qui le bénit, qui le chante, qui le desire, qui sent pour lui les plus vives ardeurs ? Je parcours, & je m'arrête au *Dominus regnavit*, Motet à deux voix, Basse & Dessus. Quelle force ! quelle fierté dans ce premier verset ! Quelle agitation, quel trouble dans l'*Elevaverunt flumina !* quel silence, quelle admiration dans le *Mirabilis !* Quelle religion, quelle majesté dans le *Testimonia tua !* C'est un chant qui coule par-tout avec la facilité la plus élégante, & qui, en exprimant les pensées les plus nobles, conserve toujours son naturel & ses graces.

Je viens à l'*Ecce panis Angelorum*, Motet à trois voix. Le début en est pompeux. Je crois entendre un Prophete qui annonce avec dignité le grand Mystere de la divine Eucharistie. Bien-tôt dans un *Trio* sublime se trouve exprimé le respect & la vénération dont doivent être saisis tous les fideles à la vue de cet auguste Sacrement. Mais quelle est la volupté de mon cœur, lorsque je viens à entendre cette voix seule qui produit l'acte d'une adoration pleine d'amour, & qui en fait passer le sentiment jusques dans le fond de mon ame. J'oublie que je suis sur la terre, je crois être dans le Ciel. Oui, c'est ainsi que les Anges chantent les louanges de leur Dieu. Qu'on me répete mille fois cet incomparable *Adoro te*, je ne me lasserai jamais de l'entendre. Tandis que je demeure absorbé dans l'ivresse de dévotion qu'il m'inspire, tout-à-coup une symphonie brillante me réveille & m'invite à me livrer à tous les transports de la joie. Ce sont les merveilles de mon Dieu que l'on célebre avec une vivacité triomphante. Des expressions pleines d'énergie & de candeur me vantent le bonheur de mon sort. L'allégresse me saisit, je suis hors de moi-même : ce chant m'anime & ne me dissipe point ; il enflamme ma piété sans la distraire. Oui, je le dis hardiment, s'il y a quelque chose de parfait en ce monde, c'est ce morceau de Musique.

Dans les Motets à grand chœur de Campra, il est rare de trouver un tout qui ſoit ſans reproche ; mais il en eſt peu où l'on ne rencontre des beautés qui ſurprennent & qui ſaiſiſſent. Eſt-il une image plus noble des grandeurs de Dieu, que le *Quis ſicut Dominus* du *Laudate, pueri ;* une expreſſion plus forte de ſa toute-puiſſance, que le *Conturbatæ ſunt gentes*, magnifique chœur du *Deus refugium ;* une inſinuation plus hardie de la confiance que Dieu inſpire, que le *Propterea non timebimus* du même ; un tableau plus doux de ſes bontés, que le *Memoriam fecit* du *Confitebor ;* une repréſentation plus naturelle de la fuite miraculeuſe des eaux en préſence de Moyſe, que le *Mare vidit* de l'*In exitu ;* une invitation plus gracieuſe à honorer Marie, que le *Salutate Mariam?* Et cent autres endroits admirables, que dis-je? déſeſpérans pour tous ceux qui ont la même carriere à courir.

Rien n'égale la perfection de caractere que Campra ſçait donner aux différentes parties qui entrent dans la compoſition de ſon chant, le ton mâle, ferme, réſolu de ſes Baſſes, la vive & douce légéreté de ſes Deſſus. Rien n'eſt au-deſſus de la préciſion avec laquelle il marque la mesure ; de la pureté, de la force de son harmonie qui remplit toujours l'oreille agréablement ; & des sons moëlleux qui distinguent sa mélodie. Campra, moins inégal, eût été de tous les hommes le plus approchant de l'idée du Compositeur parfait.

La Lande nous offre des beautés de composition plus réfléchies & plus étudiées. On n'y trouve point le grand naturel, le facile, l'élégant, le gracieux ; mais dans le dévot, le tendre, le grave, l'auguste, le majestueux, le terrible, il a réussi éminemment. Parcourons également sans affectation quelques-uns de ses ouvrages. Le *Dominus regnavit* se présente à moi ; ce n'est point un joli Motet, comme on l'a osé dire de nos jours ; mais un des plus grands Motets que l'on connoisse. Ce Pseaume est sans contredit un de ceux où la Poésie de l'Auteur inspiré a répandu les images les plus frappantes & les plus variées. Il est difficile qu'un Compositeur ait un sujet plus intéressant & plus riche à traiter. La Lande l'a rempli avec toute la force & toute la vérité imaginables.

Peut-on mieux débuter qu'il le fait? Un chœur vif & assuré peint le Seigneur comme un Roi qui fait, au milieu de ses Sujets, son entrée triomphante. Une fugue heureusement ménagée exprime le concours des peuples qui font retentir les airs de leurs acclamations, tantôt séparément, & tantôt tous ensemble. Suit le tableau majestueux de la Divinité. Un chant plein de retenue, de respect & de saisissement, annonce les voiles impénétrables qui la couvrent, l'ordre & la justice de ses jugemens. Tout-à-coup, pour marquer ses redoutables vengeances, un mouvement précipité fait marcher le feu devant le Seigneur, pour dévorer quiconque lui résiste; on entend l'épouvantable fracas de son tonnerre, la terre est ébranlée; un chœur rapide & entre-coupé peint la violence de la secousse & l'effroi de l'ébranlement.

Alors un nouveau caractere de mélodie se fait entendre, pour représenter avec moins de tumulte les montagnes qui se fondent comme la cire en la présence du Seigneur, la terre entiere comme un atôme qu'il anéantit d'un regard.

Un *Duo* vraiment céleste exprime le témoignage que les Cieux rendent à sa justice, l'admiration que donnent à tous les peuples les profondeurs de sa gloire. Ce *Duo* est remplacé par un chœur plein d'indignation & de mépris contre les adorateurs insensés des idoles; on ne peut mieux en inspirer de l'horreur, & faire desirer leur confusion.

Ici tout prend une face nouvelle: un mouvement plein d'une religieuse lenteur, des suspensions fréquentes, une harmonie grave, un chant modeste & sérieux, invitent les Anges à adorer le Seigneur: l'ame est pénétrée de cette mélodie auguste. On se sent porté à s'humilier, à se confondre devant un Dieu si grand; on est presque accablé sous le poids de Sa Majesté. Aussi-tôt Sion, l'heureuse Sion fait éclater naïvement sa joie, de ce qu'elle a pour Maître le Dieu du Ciel. L'allégresse des filles de Juda est vivement & délicatement ressentie; &, après qu'on s'est quelque temps occupé de leur bonheur, on revient à admirer encore la magnificence du Très Haut: la mesure se ralentit, l'harmonie reprend sa gravité. Un chant qui imite le vol de l'Aigle, & qui plane au milieu des airs, acheve, par un dernier trait plus éloquent que tous les autres, le tableau de la ſupériorité infinie du vrai Dieu ſur toutes les Divinités fauſſes. Ce morceau finit par la répétition de l'*Adorate eum*, répétition la plus heureuſe & la plus pittoreſque qui fut jamais. Il ne reſtoit plus qu'à terminer cette ſublime compoſition par quelque image douce & riante. C'eſt ce que la Lande a fait par un récit très-gai, mêlé avec le chœur, où la félicité & la joie des Juſtes eſt vivement rappellée. Ils ſont invités d'une maniere très-intéreſſante à ſe réjouir dans le Seigneur, & à ne jamais oublier ſes graces. La légéreté de ce dernier morceau rend la ſatisfaction complette, & ne laiſſe plus rien à deſirer.

Il ſeroit trop long de décrire ici chacun des beaux Motets de ce grand Compoſiteur. On remarque dans tous une ſinguliere expreſſion des grandes idées de la Religion; des nobles, des tendres ſentimens qu'elle inſpire à ceux qui l'ont profondément gravée dans le cœur.

Peut-on rappeller plus éloquemment à un peuple privilégié les bienfaits qu'il a reçus de Dieu, que dans le *Mementote* du *Confitemini?* L'inviter d'une maniere plus touchante à louer le Seigneur, que dans le *Jubilate Deo* du *Cantate?* Lui peindre d'une maniere plus effrayante la terreur du dernier Jugement, que dans le *Judicabit* du *Dixit?* Inspirer pour Dieu des sentimens plus affectueux que dans le *Beata gens* de l'*Exultate, justi*; le *Misericordia mea* du *Benedictus Dominus*, l'*Ego autem* du *Confitebimur?* Peut-on prononcer d'une maniere plus sévere la haîne que Dieu porte aux pécheurs, que dans le *Et inclinavit*, magnifique chœur du même *Confitebimur?* Exprimer enfin plus tristement la profonde douleur d'une ame pénitente, que dans le *Sacrificium Deo* du *Miserere?*

Combien d'autres Motets n'aurois-je pas à citer, si je voulois détailler toutes les fortes images, tous les heureux mouvemens qui abondent dans les compositions de la Lande? Personne n'a poussé plus loin l'art de la mélodie & des accompagnemens. Il est le premier qui ait introduit dans le chant des finesses particulieres & la plus exquise propreté. Il a épuisé en ce genre tout ce que la pureté du goût avoit de richesses cachées, tout ce qu'il étoit possible d'en employer sans s'écarter entièrement du naturel; de sorte que ceux qui ont voulu enchérir sur lui, ont fait des choses contre nature. Son harmonie forte, pleine & extrêmement nourrie, produit toujours de grands effets. Chez lui tout est en action, tout peint, tout exprime : l'instrument & la voix, les accords & les parties, tout concourt à faire un ensemble complet. Ses chœurs sont d'ordinaire du plus heureux choix : la maniere en est grande, l'expression très-animée, la mesure marquée fortement, & lorsqu'ils sont bien exécutés, l'impression en est étonnante.

On peut lui reprocher d'avoir souvent corrompu le caractere des parties, en donnant aux Dessus & aux Basses la même espece de mélodie; d'avoir eu recours trop fréquemment aux dessins composés, & à l'entassement des parties. Quand il n'a point eu d'image particuliere à tracer, il a profité de l'occasion pour faire briller son sçavoir, en produisant des morceaux de Musique *écrite*, pleins de fugues & de contre-fugues. Le dernier chœur de son *Confitemini* en est un exemple remarquable. Il est certain que l'harmonieux fracas de ce chœur superbe ne convient point du tout aux paroles, qui, n'étant qu'une simple narration, ne fournissoient ni image, ni sentiment. Ayant à travailler sur un sujet si ingrat, la Lande n'a trouvé d'autre moyen d'intéresser le Spectateur, que de forcer un peu la nature, pour y répandre les plus grands traits de l'harmonie; & il a si bien usé de cette licence, que ce morceau est devenu l'un des plus friands pour des oreilles musiciennes. Cependant la chose est de mauvais exemple : tant de richesses sont à pure perte, & on doit toujours éviter de pareilles profusions.

Les seuls Compositeurs dont j'ai fait mention, suffisent pour démontrer à tout l'Univers, que non-seulement nous pouvons avoir une Musique vraie; mais qu'en effet nous avons de la très-bonne & très-excellente Musique. J'ai insisté principalement ſur nos Motets, parce que je les crois ſupérieurs à tout le reſte. J'y trouve le caractere, la variété, le contraſte, le naturel, le fort, le pathétique qui diſtinguent les ouvrages des grands Poëtes & des grands Peintres. Il n'auroit tenu qu'à moi de multiplier les exemples, de citer les Gille, les Batiſtin, les Bernier, les Deſtouches, les Deſmarets, les Mouret, les Madin, les Fanton. Les.... Je m'arrête.... j'allois nommer des hommes qui vivent encore. Laiſſons au Public le ſoin de venger leur réputation qu'il a établie par ſes applaudiſſemens.

M. Rouſſeau dira-t-il que tous nos Compoſiteurs ſont dans le genre ſérieux; que nous n'en avons aucun dans le genre comique ? Il eſt vrai que ce dernier genre n'a point encore été introduit dans nos grandes pièces de Muſique. Nous l'avons toujours réſervé pour les Chanſons, les Vaudevilles, les Parodies, & nous poſſédons pluſieurs ouvrages de cette eſpece qui ſont d'un comique très-réjouiſſant. Mais notre goût n'a jamais ſouffert les bouffonneries & les farces, dans les pièces de confidération. Jufqu'à préfent nous nous fommes bien trouvés de cette façon de penfer ; & il eft à fouhaiter qu'elle ne varie jamais.

V.

M. Rouffeau expofe les vrais principes, & donne de très-bonnes leçons, lorfqu'il parle de l'unité de mélodie.

Mais quand il ajoûte que cette unité de mélodie nous eft impoffible, qu'elle n'a été connue d'aucun de nos Compofiteurs, je foutiens qu'il y a peu de vérité dans ce reproche. Quand il nous cite les fréquens accompagnemens à l'uniffon que l'on remarque dans la Mufique Italienne, comme un moyen de fortifier l'idée du chant, je réponds que cette maniere, qui peut réuffir quelquefois, & qui ne nous eft ni impoffible, ni étrangere, n'eft propre, dans le fond, qu'à déceler l'impuiffance de l'art. Les Italiens montreroient beaucoup plus d'habileté, en trouvant le fecret de fortifier l'idée du chant par des accompagnemens en accords. C'eft ce qu'ont exécuté d'ordinaire nos habiles Compofiteurs, & la Lande fur-tout. Ses accompagnemens, ſans être à l'uniſſon, fortifient toujours l'expreſſion de la partie chantante ; ils ajoûtent de nouvelles idées que le ſujet demandoit ; ils embelliſſent l'expreſſion, ſans la couvrir, ni la défigurer ; & il en réſulte un enſemble dont l'agrément n'eſt conſommé que par l'union des parties. Pour s'en convaincre, il n'y a qu'à prendre au hazard un des beaux Récits de la Lande, & en ſupprimer l'accompagnement. On ſentira bien-tôt que l'expreſſion eſt extrêmement affoiblie, & l'oreille éprouvera un vuide que tous les uniſſons poſſibles ne ſçauroient remplir.

Ceux qui font chanter à part « des » violons d'un côté, de l'autre des flû-» tes, de l'autre des baſſons, chacun » ſur un deſſin particulier, & preſque » ſans rapport entr'eux » : ceux-là ſont regardés parmi nous comme de très-mauvais Compoſiteurs.

M. Rouſſeau s'éleve contre l'uſage des fugues, imitations, doubles deſſins, & autres beautés arbitraires, dit-il, & de pure convention, qui ont été inventées pour faire briller le ſçavoir, en attendant qu'il fût queſtion du génie. S'il ne faiſoit que condamner l'abus & la prodigalité de ces richeſſes de l'art, nous approuverions ſa cenſure. S'il diſoit même que pluſieurs de nos Compoſiteurs ſont dans le cas de l'abus, nous en demeurerions d'accord. Mais prétendre que ce ſont-là des beautés arbitraires & de pure convention; qu'il n'y a pas moyen d'en tirer avantage pour embellir & fortifier l'expreſſion : c'eſt raiſonner contre une expérience certaine; c'eſt ôter à l'art une de ſes plus précieuſes reſſources. Lorſque M. Rouſſeau ajoûte que le travail en eſt ſi ingrat, qu'à peine le ſuccès peut-il dédommager de la fatigue d'un tel ouvrage; il avoue du moins indirectement la poſſibilité de réuſſir. Je conviens avec lui que la difficulté eſt grande; mais l'homme de génie ſurmonte la difficulté; & c'eſt ne pas connoître ſes forces que de lui exagérer les épines d'un travail qui renferme quelque utilité.

J'en dis de même des contre-fugues, doubles fugues, fugues renverſées, Baſſes contraintes, qui ne ſont des ſottiſes qu'entre les mains des ſots. Un habile homme qui voudra s'en servir, prouvera aisément qu'il n'y a rien en tout cela de barbare & de gothique. Qu'on les proscrive toutes les fois qu'elles seront contraires, ou même indifférentes à l'expression; mais il n'est pas prouvé qu'elles ne puissent jamais lui être d'aucun avantage.

Notre Censeur met encore le *Duo* au rang des superfluités contre nature. « Rien n'est moins naturel, dit-il, que » de voir deux personnes se parler à la » fois durant un certain temps, soit pour » dire la même chose, soit pour se con- » tredire, sans jamais s'écouter ni se ré- » pondre ». La plaisanterie est ingénieuse. Mais je lui demande, s'il est contre nature que deux personnes éprouvent un sentiment uniforme, ou un sentiment contraire dans le même temps? Il me semble que rien n'est plus naturel & plus ordinaire. Or, dès qu'il est possible qu'elles l'éprouvent, il est convenable qu'elles l'expriment. Alors ce ne seront plus deux personnes qui se parlent à la fois; mais deux personnes qui à la fois manifestent la situation particuliere de leur cœur; dispensées par conséquent,

& même absolument hors d'état de s'écouter & de se répondre.

Concluons de-là que le *Duo* n'est point du tout arbitraire ; qu'il n'est légitime que lorsque deux personnes agitées du même mouvement, ou d'un mouvement contraire, sont autorisées par la nature à l'exprimer séparément, quoique tout à la fois ; & qu'alors le *Duo*, bien loin d'être choquant, produit une satisfaction des plus vives. Il n'est donc pas nécessaire de décomposer toujours nos *Duo* pour les traiter en simple Dialogue, comme le voudroit M. Rousseau. Il est encore moins nécessaire, quand on joint ensemble les deux parties, de s'attacher exclusivement, comme il le prescrit, à un chant susceptible d'une marche par tierces ou par sixtes, dans lequel la seconde partie fasse son effet, sans distraire l'oreille de la premiere. Un pareil chant seroit contre nature dans la situation de deux personnes qui éprouvent à la fois deux sentimens contraires : &, lors même que c'est un sentiment uniforme qui les occupe, il est assez naturel que chacune ait sa maniere différente de sentir, relativement à la diversité

diverſité du caractère : il n'eſt donc pas hors de propos que chacune conſerve dans l'expreſſion cette maniere différente ; & alors la double mélodie, bien loin d'être contre nature, en rend plus exactement les diverſités.

M. Rouſſeau ſoupçonne avec raiſon, que l'harmonie complette n'eſt pas toujours auſſi efficace pour produire l'expreſſion, que l'harmonie mutilée ; & qu'en bien des occaſions l'épargne des accords vaut mieux que leur prodigalité. Le principe ancien qu'il cite d'après M. Rameau eſt très-vrai, que chaque conſonnance a ſon caractere particulier ; c'eſt-à-dire, une maniere d'affecter l'ame qui lui eſt propre. La conſéquence qu'il en tire eſt encore très-logique, lorſqu'il dit que deux conſonnances ajoûtées l'une à l'autre mal-à-propos, pourront, en augmentant l'harmonie, troubler mutuellement leur effet, le combattre ou le partager. S'il m'eſt permis d'ajoûter à ſa penſée, je dirai que non-ſeulement l'addition ou le retranchement de telle conſonnance, en rendant l'accord plus ou moins complet, pourra le rendre plus ou moins expreſſif ; mais que, dans le paſſage d'un premier accord à un ſecond, la liaison, pour être parfaitement expressive, demandera telle addition ou tel retranchement, que l'accord qui précede ou qui suit n'auroit pas demandé dans une succession différente. En un mot, je crois que, comme il n'y a en toutes choses qu'une maniere de bien faire, il n'y a, pour toute expression, que tel caractere de consonnance de légitime, tel degré d'harmonie de bon.

De-là on conclut que toute Musique où l'harmonie est scrupuleusement remplie, doit faire beaucoup de bruit, mais avoir très-peu d'expression; ce qui est précisément le caractere de la Musique Françoise. Pour que cette conséquence fût aussi logique que la précédente, il faudroit prouver le fait; je veux dire, que tous nos Compositeurs sont tellement asservis à remplir l'harmonie, qu'ils n'emploient jamais que les accords complets. Je trouve une infinité d'occasions où ils ont ménagé les accords & les parties. En chiffrant leurs Basses, ils ne font que désigner le caractere de la consonnance: ce n'est pas leur faute, si l'Accompagnateur, conduit par une aveugle routine, y met un remplissage qu'ils ne lui prescrivent pas. Quand même il seroit vrai que le défaut ordinaire de nos Compositeurs est de trop remplir l'harmonie, au moins doit-on convenir que ce défaut n'est pas incorrigible.

M. Rousseau, qui a si bien pénétré la nature du mal, devroit nous en assigner le remède. Il nous rendroit un grand service, & non-seulement à nous, mais aux Italiens eux-mêmes, s'il nous donnoit des regles sûres pour discerner toujours le degré d'harmonie qui convient. Il avoue que, dans la nécessité de ménager les accords & les parties, le choix devient difficile, & demande beaucoup d'expérience & de goût pour le faire toujours à propos. Nous l'invitons à ne pas se rebuter de la difficulté. Il est capable, par la profondeur de ses réflexions, de faire de grandes découvertes dans cet abîme; & lorsqu'il voudra bien nous les communiquer, notre Musique, dont il se déclare l'ennemi, l'honorera comme son Restaurateur le plus signalé.

Pour nous accabler, M. Rousseau oppose le fade & puérile galimathias de flammes & de chaînes qui domine dans presque toutes nos Tragédies Françoises, au tragique, au vif, au brillant, à l'entre-coupé des scènes Italiennes. C'est sur de telles paroles, dit-il, qu'il sied bien de déployer toutes les richesses d'une Musique pleine de force & d'expression. Il a raison; mais par-là, il fait le procès moins à nos Musiciens qu'à nos Poètes. *Ce misérable jargon emmiellé qu'on est trop heureux de ne pas entendre, ces impertinens amphigouris, toutes ces paroles qui ne signifient rien*, ne sont point le crime du Compositeur. Est-ce sa faute, si on ne lui donne pas à peindre de grands tableaux & de grandes passions? Pourvu qu'il exprime bien tous les sujets qu'on lui présente, sa charge est faite, & on n'a rien à lui reprocher.

On nous donne pour une des perfections de la Musique Italienne, de pouvoir exprimer tous les sentimens, & peindre tous les caracteres avec telle mesure & tel mouvement qu'il plaît au Compositeur. Elle est triste sur un mouvement vif, gaie sur un mouvement lent. Si c'est-là une perfection, j'avoue de bonne-foi que je n'ai point l'idée de la Muſique parfaite. J'aimerois autant que l'on me dît qu'une des perfections de la Peinture eſt de pouvoir repréſenter toutes ſortes d'objets avec telle couleur & telle lumiere qu'il plaît au Peintre. Il eſt pourtant vrai qu'un tableau n'eſt censé parfait, que lorſque le coloris propre du ſujet s'y trouve joint à l'invention & au deſſin. A l'égard de la Muſique, j'ai toujours cru, (& M. Rouſſeau eſt forcé d'en convenir) que le grand art conſiſte à faire concourir toutes choſes à l'énergie de l'expreſſion. Le choix de la meſure n'y eſt pas moins eſſentiel que celui de l'accompagnement & de la mélodie. Un mouvement vif dans un ſujet triſte, eſt tout-à-fait contre nature. Il en réſulte, non une expreſſion unique, mais deux expreſſions contradictoires qui ſe combattent ; celle de la mélodie qui porte à la triſteſſe, celle de la meſure qui inſpire la joie. Ce mélange peut être ſingulier, il ne ſera jamais naturel ; & je conſeille à nos Compoſiteurs de ſe bien garder d'imiter de pareilles bizarreries. Rubens a quelquefois employé les graces & le brillant du coloris dans des ſujets tragiques & ſérieux : Raphaël n'eût jamais commis cette faute. Au reste, s'il n'étoit question que de prouver que nous pouvons, quand il nous plaît, produire de ces singularités, que l'on nous exalte tant, je n'aurois qu'à citer le fameux *Duo* d'Héraclite & de Démocrite, où Batistin fait pleurer l'un, & rire l'autre sur le même mouvement. Cet exemple prouveroit encore que, si nous sçavons composer une Musique triste sur un mouvement gai, nous ne le faisons point sans y être autorisés par la nature & le caractere du sujet.

V I.

M. Rousseau a contre nous plus d'avantage, lorsqu'il attaque notre exécution, qui est la seconde partie de la Musique. Il y a eu un temps où nos Musiciens exécutoient avec plus d'exactitude & de goût qu'ils ne font aujourd'hui. Cette vérité paroîtra à nos modernes très-prévenus en leur faveur, un paradoxe plus paradoxe que tout ce qu'a avancé l'adversaire que je combats. Mais ils se rapprocheront malgré eux de mon idée, s'ils comprennent une fois ce que c'est que bien exécuter. On peut avoir la voix très-fléxible & très-belle, le jeu très-ſubtil & très-brillant, & exécuter la Muſique d'une maniere déteſtable. La bonne exécution demande que l'on entre bien dans la penſée du Compoſiteur & dans l'eſprit de la choſe; qu'on s'attache à donner à chaque note ſa valeur préciſe; qu'on ne s'émancipe point à y ajoûter de ſon autorité privée des ornemens de ſurérogation; qu'on s'en tienne ſcrupuleuſement à la lettre, ſe contentant de mettre l'ame & le feu dont la lettre ne parle point.

L'art de bien exécuter eſt le même que celui de bien lire. Un bon Lecteur eſt celui qui prononce exactement, qui diſtingue bien la phraſe, qui fait ſentir les liaiſons & l'harmonie du ſtyle ſans les trop marquer, qui anime ce qu'il dit, qui intéreſſe par le ton propre & varié qu'il ſçait donner aux choſes. Cet art n'eſt point du tout commun: les bons Lecteurs ſont très-rares. L'exécution de la Muſique eſt une vraie lecture; peu de gens y réuſſiſſent éminemment. La plupart s'imaginent bien exécuter en fredonnant beaucoup. Campra diſoit un jour à un de ces Violons petits-maîtres, qui s'étoit avisé de broder un de ses accompagnemens : *Vous avez voulu faire l'habile homme, & vous n'êtes qu'un sot. Si vos fredons étoient nécessaires, je les aurois mis.*

Autrefois les Maîtres étoient extrêmement sévères à ne rien souffrir de ce qui s'écartoit de l'exécution littérale. Mais depuis qu'on a imaginé que toute la gloire consiste à bien filer un son, à bien marteler une cadence, à faire de très-longues tenues, des roulemens & des fredons de toute espece, on s'est beaucoup négligé sur la précision du jeu & du chant. On s'est accoutumé à une pratique extraordinaire & déréglée. Les licences les moins naturelles & les plus inouïes ont pris la place du rigorisme des Anciens; & tel morceau qui, exécuté autrefois, produisoit l'enchantement le plus délicieux, ne fait plus aujourd'hui qu'une impression superficielle. Nos modernes prétendent que ce sont les richesses de la Musique nouvelle qui ont rendu insipide la simplicité de l'ancienne Musique. Mais il y a cent contre un à parier, que la Musique d'autrefois n'a cessé de plaire, que depuis qu'on n'a plus connu les regles de l'exécution, & qu'au lieu de s'appliquer à produire des sons, on a mis toute son habileté à faire du bruit.

Loin de nous réduire toujours à l'impossibilité de bien faire, M. Rousseau, qui condamne si justement les défauts de notre exécution moderne, auroit pu nous fournir le moyen de les éviter. Je vais tâcher de suppléer à son silence.

Pour qu'une Musique soit bien exécutée, la premiere attention que l'on doit avoir, c'est d'ordonner régulierement le Concert, de fournir suffisamment toutes les parties, de maniere que chacune fasse son effet, que les parties principales, telles que le Dessus & la Basse, dominent davantage, que les parties accessoires, telles que la Haute-contre & la Taille soient moins ressenties, afin qu'il en résulte une harmonie où rien ne déborde, & qui ait de l'unité. On ne peut trop recommander de fournir les Basses plus que tout le reste ; parce qu'elles sont le fondement de l'harmonie, & à cause de la nature du son grave qui est toujours le moins perçant. L'une des grandes beautés de l'orgue, ce sont ses Basses un peu exagérées. Dans les chœurs, c'est toujours la Basse qui dessine le tableau, & qui consomme l'expression. Elle doit donc prévaloir, & occuper l'oreille plus que toute autre partie. Quand il s'agit d'accompagner des récits, ou des *duo*, au lieu de s'en tenir à l'expédient ordinaire d'éteindre les Basses, il faudroit avoir pour ces sortes d'accompagnemens une espece d'instrument semblable aux pédales de Flûte, dont le son naturellement sourd, mais d'ailleurs extrêmement moëlleux, portât sensiblement l'harmonie à l'oreille sans être en danger de couvrir la voix. On ne réussit presque jamais à produire l'effet desiré par le seul usage d'adoucir. Un instrument dont on est obligé d'éteindre le son, perd presque tout son effet. De plus, celui qui le manie ne sçait pas au juste à quel degré il faut l'éteindre pour bien adoucir. On n'auroit aucune de ces difficultés, si l'on imaginoit des instrumens dont la force naturelle ne donnât que ce qui est nécessaire pour conserver l'harmonie sans distraire du chant.

Une ſeconde attention, non moins importante, c'eſt de prévenir les libertés irrégulieres de ceux qui exécutent. Pour cela, il faudroit porter une loi qui défendît à tous les Chanteurs & à tous ceux qui compoſent l'Orcheſtre, de rien changer à la mélodie dont le caractere leur eſt tracé, avec ordre de s'en tenir ſcrupuleuſement au noté qu'ils ont devant les yeux. Il faudroit qu'une pareille loi obligeât tous les Maîtres qui enſeignent de faire prendre à leurs écoliers l'habitude importante de l'exécution littérale. Pour éviter même que les Accompagnateurs fuſſent encore dans le cas de remplir ou de mutiler mal-à-propos l'harmonie, faute de regle qui leur apprenne avec certitude les profuſions qu'ils peuvent hazarder & les épargnes qu'ils doivent faire, il faudroit que les Compoſiteurs, en chiffrant leurs baſſes, priſſent la peine de ſpécifier tous les accords néceſſaires, & qu'on fût tenu de ſuivre littéralement le chiffre ſans y ſuppoſer du ſous-entendu. Il faudroit enfin que les uns & les autres ne fuſſent cenſés bons qu'autant qu'ils feroient fidèles à cette loi; que leur réputation, & par conſéquent leur force, fût attachée à cette exactitude.

Une troiſième attention de plus grande conſéquence que toutes les autres, c'eſt de veiller à la préciſion de la meſure. Juſqu'à préſent on n'a employé, pour cela, que des moyens inſuffiſans. La meſure n'eſt point aſſez clairement marquée; de-là vient que chacun interprète le caractère du mouvement à ſa fantaiſie; &, tous n'en ayant pas la même idée dans l'eſprit, il eſt impoſſible qu'il n'en réſulte beaucoup de contrariété dans l'exécution. Ces mots *gravement*, *lentement*, *légerement*, *vîte*, *très-vîte*, ſont des ſignes très-équivoques, qui n'expriment point uniformément à tout le monde la penſée du Compoſiteur. Ceux qui exécutent mettent plus ou moins de vivacité dans chacun de ces mouvemens, ſelon qu'ils ont l'imagination plus ou moins ardente.

En chargeant quelqu'un de battre la meſure, on obvie tant ſoit peu à ce premier inconvénient; il en reſte un ſecond. Cet homme qui bat la meſure n'a rien qui le fixe dans le choix du mouvement, & s'il ne le donne point tel que le Compoſiteur l'a voulu, il dénature l'effet de ſa Muſique. Auſſi rien de plus ordinaire que de voir une même piece de Muſique exécutée par les mêmes gens, changer d'expreſſion par le ſeul changement de celui qui bat la meſure. Il ſeroit donc très-important de faire ceſſer toute incertitude à cet égard, & de pouvoir déterminer chaque caractère de mouvement, de maniere à ne s'y jamais méprendre.

Pour y réuſſir, le meilleur moyen ſeroit de donner à la valeur de chaque note une meſure de temps fixe & invariable. Il n'y auroit qu'à convenir, une fois pour toutes, que la durée d'une blanche, par exemple, ſeroit l'eſpace d'une ſeconde de temps, de ſorte que deux ſecondes détermineroient les deux temps de la meſure à deux. On en ralentiroit le mouvement de la moitié, en mettant deux rondes au lieu de deux blanches; on le rendroit de la moitié plus vif en mettant deux noires au lieu de deux blanches. Dans ce ſyſtême le plus ou moins de ſubdiviſion dans les notes qui composent la mesure, décideroit au plus juste le plus ou moins de vîtesse dans le mouvement. On feroit de même pour la mesure à trois dont on diversifieroit les mouvemens en mettant ou une ronde, ou une blanche, ou une noire, ou une croche, ou une double-croche à chaque temps. Les notes pointées ne changeroient rien à la durée de la mesure à deux, si ce n'est que, dans le même espace de temps, on prononceroit la valeur de trois notes au lieu de deux. Le mouvement étant ainsi déterminé, on n'auroit plus besoin d'autre avertissement pour le connoître, & il ne dépendroit plus du caprice de personne. C'est aux Maîtres de l'Art à examiner l'utilité du moyen que je leur propose, & à le mettre en usage, s'ils n'en imaginent pas de meilleur.

On ne peut trop appuyer sur ce principe, qu'il n'y a que l'exécution parfaite qui puisse faire goûter pleinement le plaisir d'une composition excellente. Les meilleures Tragédies seront insupportables par les seuls défauts de l'exécution. Avec de méchans Acteurs Athalie cessera d'être le chef-d'œuvre du

Théâtre, & deviendra un tas monstrueux d'insipides vers. A plus forte raison la Musique, dont la parfaite expression, cachée à celui qui la lit, ne peut être sentie que par celui qui l'écoute, perdra tout son mérite, si on l'exécute mal.

Je viens d'indiquer à nos Musiciens bien des réformes à faire à leur pratique, qu'ils prendront pour ce qu'elles valent. Si l'amour-propre ne les aveugle pas, ils conviendront que leur exécution a de grands défauts; &, s'ils aiment la gloire, ils mettront tout en œuvre pour les faire disparoître. Au reste, en accordant à M. Rousseau que nous exécutons mal, il nous reste une ressource commune à tous ceux qui péchent, le pouvoir de nous corriger; il ne nous persuadera pas que cette ressource nous manque, & que les Italiens, dont l'exécution a aussi bien des choses à corriger, sont les seuls qui ne soient pas incorrigibles. Quoi qu'il puisse dire, nous ne perdrons point l'espérance de nous perfectionner à force d'exercice. Peut-être, à égale application, n'irons-nous pas aussi loin que ceux d'au-delà des Monts. Il nous suffira d'acquérir de la précision & de l'exactitude ; & nous y touchons d'assez près.

La Musique Françoise n'est donc point un être imaginaire. Il en existe une parmi nous, qui a toutes les qualités nécessaires pour peindre & émouvoir. Elle a déja de très-grandes perfections ; elle est susceptible de toutes celles qu'on lui desire ; je crois l'avoir démontré.

EXTRAIT

EXTRAIT

D'une Lettre de M. Rouſſeau, à M.....

Sur les Ouvrages de M. Rameau.

JE voudrois d'abord tâcher de fixer, à-peu-près, l'idée qu'un homme raiſonnable & impartial doit avoir des ouvrages de M. Rameau; car je compte pour rien les clabauderies des cabales pour & contre. Quant à moi, j'en pourrai mal juger par défaut de lumieres; mais, ſi la raiſon ne ſe trouve pas dans ce que j'en dirai, l'impartialité s'y trouvera ſûrement; & ce ſera toujours avoir fait le plus difficile.

Les ouvrages théoriques de M. Rameau ont ceci de fort ſingulier, qu'ils ont fait une grande fortune ſans avoir été lus, & ils le ſeront bien moins déſormais, depuis qu'un Philoſophe * a

* M. d'Alembert.

pris la peine d'écrire le ſommaire de la doctrine de cet Auteur. Il eſt bien ſûr que cet abrégé anéantira les originaux, & avec un tel dédommagement on n'aura aucun ſujet de les regretter. Ces différens ouvrages ne renferment rien de neuf ni d'utile, que le principe de la Baſſe fondamentale * : mais ce n'eſt pas peu de choſe que d'avoir donné un principe, fût-il même arbitraire, à un Art qui ſembloit n'en point avoir, & d'en avoir tellement facilité les regles, que l'étude de la compoſition, qui étoit autrefois une affaire de vingt années, eſt à préſent celle de quelques mois. Les Muſiciens ont ſaiſi avidement la découverte de M. Rameau en affectant de la dédaigner. Les Eleves ſe ſont multipliés avec une rapidité étonnante : on n'a vu de tous côtés que petits Compoſiteurs de deux jours, la plupart ſans talens, qui faiſoient les Docteurs aux dépens de leur maître; & les ſervices très-réels, très-grands & très-ſolides que

---

* Ce n'eſt point par oubli que je ne dis rien ici du prétendu principe phyſique de l'harmonie.

M. Rameau a rendus à la Musique, ont en même temps amené cet inconvénient, que la France s'est trouvée inondée de mauvaise Musique & de mauvais Musiciens, parce que, chacun croyant connoître toutes les finesses de l'Art dès qu'il en a sçu les élémens, tous se sont mêlés de faire de l'harmonie, avant que l'oreille & l'expérience leur eussent appris à discerner la bonne.

A l'égard des Opéra de M. Rameau, on leur a d'abord cette obligation, d'avoir les premiers élevé le Théâtre de l'Opéra au-dessus des Tréteaux du Pont-Neuf. Il a franchi hardiment le petit cercle de très-petite Musique autour duquel nos petits Musiciens tournoient sans cesse depuis la mort du grand Lulli : de sorte que, quand on seroit assez injuste pour refuser des talens supérieurs à M. Rameau, on ne pourroit au moins disconvenir qu'il ne leur ait en quelque sorte ouvert la carriere, & qu'il n'ait mis les Musiciens qui viendront après lui à portée de déployer impunément les leurs ; ce qui assurément n'étoit pas une entreprise aisée. Il a senti les épines ; ses successeurs cueilleront les roses.

On l'accuſe aſſez légerement, ce me ſemble, de n'avoir travaillé que ſur de mauvaiſes paroles; d'ailleurs, pour que ce reproche eût le ſens commun, il faudroit montrer qu'il a été à portée d'en choiſir de bonnes. Aimeroit-on mieux qu'il n'eût rien fait du tout? Un reproche plus juſte eſt de n'avoir pas toujours entendu celles dont il s'eſt chargé, d'avoir ſouvent mal ſaiſi les idées du Poète, ou de n'en avoir pas ſubſtitué de plus convenables, & d'avoir fait beaucoup de contre-ſens. Ce n'eſt pas ſa faute s'il a travaillé ſur de mauvaiſes paroles, mais on peut douter s'il en eût fait valoir de meilleures. Il eſt certainement, du côté de l'eſprit & de l'intelligence, fort au-deſſous de Lulli, quoiqu'il lui ſoit preſque toujours ſupérieur du côté de l'expreſſion. M. Rameau n'eût pas plus fait le monologue de Roland *, que Lulli celui de Dardanus.

Il faut reconnoître dans M. Rameau un très-grand talent, beaucoup de feu, une tête bien ſonnante, une grande con-

* Acte IV. Scene II.

noissance des renversemens harmoniques & de toutes les choses d'effet ; beaucoup d'art pour s'approprier, dénaturer, orner, embellir les idées d'autrui, & retourner les siennes ; assez peu de facilité pour en inventer de nouvelles ; plus d'habileté que de fécondité, plus de sçavoir que de génie : ou du moins un génie étouffé par trop de sçavoir ; mais toujours de la force & de l'élégance, & très-souvent du beau chant.

Son récitatif est moins naturel, mais beaucoup plus varié que celui de Lulli ; admirable dans un petit nombre de scènes, mauvais presque par-tout ailleurs : ce qui est peut-être autant la faute du genre que la sienne ; car c'est souvent pour avoir trop voulu s'asservir à la déclamation, qu'il a rendu son chant baroque & ses transitions dures. S'il eût eu la force d'imaginer le vrai récitatif & de le faire passer chez cette troupe moutonniere, je crois qu'il y eût pu exceller.

Il est le premier qui ait fait des symphonies & des accompagnemens travaillés, & il en a abusé. L'Orcheſtre de l'Opéra reſſembloit avant lui à une troupe de Quinze-Vingts attaqués de paralyſie. Il les a un peu dégourdis. Ils aſſurent qu'ils ont actuellement de l'exécution ; mais je dis, moi, que ces gens-là n'auront jamais ni goût ni ame. Ce n'eſt encore rien d'être enſemble, de jouer fort ou doux, & de bien ſuivre un Acteur. Renforcer, adoucir, appuyer, dérober des ſons, ſelon que le bon goût ou l'expreſſion l'exigent ; prendre l'eſprit d'un accompagnement, faire valoir & ſoutenir des voix, c'eſt l'art de tous les Orcheſtres du Monde, excepté celui de notre Opéra.

Je dis que M. Rameau a abuſé de cet Orcheſtre tel quel. Il a rendu ſes accompagnemens ſi confus, ſi chargés, ſi fréquens, que la tête a peine à tenir au tintamarre continuel de divers inſtrumens, pendant l'exécution de ſes Opéra, qu'on auroit tant de plaiſir à entendre, s'ils étourdiſſoient un peu moins les oreilles. Cela fait que l'Orcheſtre, à force d'être ſans ceſſe en jeu, ne ſaiſit, ne frappe jamais, & manque preſque toujours ſon effet. Il faut qu'après une ſcène de récitatif, un coup d'archet inattendu réveille le Spectateur le plus diſtrait, & le force d'être attentif aux images que l'Auteur va lui préſenter, ou de ſe prêter aux ſentimens qu'il veut exciter en lui. Voilà ce qu'un Orcheſtre ne fera point, quand il ne ceſſe de racler.

Une autre raiſon plus forte contre les accompagnemens trop travaillés, c'eſt qu'ils ſont tout le contraire de ce qu'ils devroient faire. Au lieu de fixer plus agréablement l'attention du Spectateur, ils la détruiſent en la partageant. Avant qu'on me perſuade que c'eſt une belle choſe que trois ou quatre deſſins entaſſés l'un ſur l'autre par trois eſpeces d'inſtrumens, il faudra qu'on me prouve que trois ou quatre actions ſont néceſſaires dans une Comédie. Toutes ces belles fineſſes de l'art, ces imitations, ces doubles deſſins, ces Baſſes contraintes, ces contrefugues, ne ſont que des monſtres difformes, des monumens du mauvais goût, qu'il faut reléguer dans les Cloîtres comme dans leur dernier aſyle.

Pour revenir à M. Rameau, & finir cette digreſſion, je penſe que perſonne n'a mieux que lui ſaiſi l'eſprit des détails, perſonne n'a mieux ſçu l'art des contraſtes; mais en même temps perſonne n'a moins ſçu donner à ſes Opéra cette unité ſi ſçavante & ſi deſirée; & il eſt peut-être le ſeul au monde qui n'ait pu venir à bout de faire un bon ouvrage de pluſieurs beaux morceaux fort bien arrangés.

Et ungues
Exprimet, & molles imitabitur ære capillos;
Infelix operis ſummâ, quia ponere totum
Neſciet.

Voilà, Monſieur, ce que je penſe des ouvrages du célebre M. Rameau, auquel il faudroit que la Nation rendît bien des honneurs pour lui accorder ce qu'elle lui doit. Je ſçais fort bien que ce jugement ne contentera ni ſes partiſans, ni ſes ennemis; auſſi n'ai-je voulu que le rendre équitable, & je vous le propoſe, non comme la regle du vôtre, mais comme un exemple de la ſincérité avec laquelle il convient qu'un honnête-homme parle des grands talens qu'il admire, & qu'il ne croit pas ſans défaut.

FRAGMENT

D'une Lettre de M. ROUSSEAU,

Écrite de Montmorency à un Ami, le 5 Avril 1759, au ſujet de ſon Entrée à l'Opéra, qu'il avoit eue pour ſon *Devin du Village*, qui lui fut ôtée à cauſe de ſa *Lettre ſur la Muſique*, & qu'on voulut lui rendre, quand il eut quitté Paris.

APRÈS m'avoir ôté les Entrées tandis que j'étois à Paris, me les rendre quand je n'y ſuis plus, n'eſt-ce pas joindre la raillerie à l'inſulte ? Ne ſçaventils pas bien que je n'ai ni le moyen, ni l'intention de profiter de leur offre ? Eh ! pourquoi diable irois-je ſi loin chercher leur Opéra ? N'ai-je pas tout à ma porte les chouettes de la forêt de Montmorency ?

Ils ne refuſent pas, dit M. D***, de me rendre mes Entrées. J'entends bien : ils me les rendront volontiers aujourdhui, pour avoir le plaisir de me les ôter demain, & me faire avoir un second affront. Puisque ces gens-là n'ont ni foi ni parole, qui est-ce qui me répondra d'eux & de leurs intentions ? Ne me sera-t-il pas bien agréable de ne me jamais présenter à la porte, que dans l'attente de me la voir fermer une seconde fois ? Ils n'en auront plus, direz-vous, le prétexte. Eh ! pardonnez-moi, Monsieur ; ils l'auront toujours. Car si-tôt qu'il faudra trouver leur Opéra beau, qu'on me ramene aux carrieres. Que n'ont-ils proposé cette admirable condition dans leur marché ? Jamais ils n'auroient massacré mon pauvre *Devin*. Quand ils voudront me chicaner, manqueront-ils de prétextes ? Avec des mensonges on n'en manque jamais. N'ont-ils pas dit que je faisois du bruit au Spectacle, & que mon exclusion étoit une affaire de Police ?

Premièrement, ils mentent. J'en prends à témoin tout le Parterre & l'Amphithéâtre de ce temps-là. De ma vie je n'ai crié ni battu des mains aux Bouffons ; & je ne pouvois ni rire, ni bâiller à l'Opéra François, puiſque je n'y reſtois jamais, & qu'auſſi-tôt que j'entendois commencer la lugubre Pſalmodie, je me ſauvois dans les Corridors. S'ils avoient pu me prendre en faute au Spectacle, ils ſe ſeroient bien gardés de m'en éloigner. Tout le monde a ſçu avec quel ſoin j'étois conſigné, recommandé aux Sentinelles. Par-tout on n'attendoit qu'un mot, qu'un geſte pour m'arrêter; ſi-tôt que j'allois au Parterre, j'étois environné de Mouches qui cherchoient à m'exciter. Imaginez-vous s'il fallut uſer de prudence pour ne donner aucune priſe ſur moi. Tous leurs efforts furent vains; car il y a long-temps que je me ſuis dit : *Jean Jacques, puiſque tu prends le dangereux emploi de Défenſeur de la vérité, ſois ſans ceſſe attentif ſur toi-même, ſoumis en tout aux loix & aux regles; afin que, quand on voudra te maltraiter, on ait toujours tort.* Plaiſe à Dieu que j'obſerve auſſi-bien ce précepte juſqu'à la fin de ma vie, que je crois l'avoir obſervé juſqu'ici!

Ainſi, mon bon Ami, je parle ferme, & n'ai peur de rien. Je ſens qu'il n'y a homme ſur terre qui puiſſe me faire du mal justement, & quant à l'injustice, personne au monde n'en est à l'abri. Je suis le plus foible des êtres; tout le monde peut me faire du mal impunément. J'éprouve qu'on le sçait bien, & les insultes des Directeurs de l'Opéra sont pour moi le coup de pied de l'âne. Rien de tout cela ne dépend de moi; qu'y ferois-je? Mais c'est mon affaire, que quiconque me fera du mal, fasse mal; & voilà de quoi je réponds.

Premièrement donc, ils mentent; & en second lieu, quand ils ne mentiroient pas, ils ont tort: car quelque mal que j'eusse pu dire, écrire ou faire, il ne falloit point m'ôter les Entrées, attendu que l'Opéra, n'en étant pas moins possesseur de mon ouvrage, n'en devoit pas moins payer le prix convenu. Que falloit-il donc faire? M'arrêter, me traduire devant les Tribunaux, me faire mon procès, me faire pendre, écarteler, brûler, jetter mes cendres au vent, si je l'avois mérité: mais il ne falloit pas m'ôter les Entrées. Aussi-bien, comment, étant prisonnier ou pendu, serois-je allé faire du bruit à l'Opéra? Ils disent encore: puisqu'il ſe déplaît à notre Théâtre, quel mal lui a-t-on fait de lui en ôter l'Entrée? Je réponds qu'on m'a fait tort, violence, injuſtice, affront; & c'eſt du mal que cela. De ce que mon voiſin ne veut pas employer ſon argent, eſt-ce à dire que je ſois en droit d'aller lui couper la bourſe?

De quelque maniere que je tourne la choſe, quelque regle de juſtice que je puiſſe appliquer, je crois toujours qu'en Jugement contradictoire, par-devant tous les Tribunaux de la terre, les Directeurs de l'Opéra ſeroient à l'inſtant condamnés à reſtitution de ma Piece, à réparation, à dommages & intérêts. Mais il eſt clair que j'ai tort, parce que je ne puis obtenir juſtice; & qu'ils ont raiſon, parce qu'ils ſont les plus forts. Je défie qui que ce ſoit au Monde de pouvoir alléguer en leur faveur autre choſe que cela.

Il faut à préſent vous parler de mes Libraires, & je commencerai par M. P***. J'ignore s'il a gagné ou perdu avec moi; toutes les fois que je lui demandois ſi la vente alloit bien, il me répondoit, *paſſablement ;* ſans que jamais j'en aie pu tirer autre choſe. Il ne m'a pas donné un ſol de mon premier Diſcours, ni aucune eſpece de préſent, ſinon quelques exemplaires pour mes amis. J'ai traité avec lui pour la gravure du *Devin du Village*, ſur le pied de 500 francs, moitié en livres & moitié en argent, qu'il s'obligea de me payer à pluſieurs fois & en certains termes : il ne tint parole à aucun, & j'ai été obligé de courir long-temps après mes deux cent cinquante livres.

Par rapport à mon Libraire de Hollande, je l'ai trouvé en toutes choſes exact, attentif, honnête ; je lui demandai vingt-cinq louis de mon *Diſcours ſur l'Inégalité :* il me les donna ſur le champ, & il envoya de plus une robbe à ma Gouvernante. Je lui ai demandé trente louis de ma *Lettre à M. d'Alembert*, & il me les donna ſur le champ ; il n'a fait à cette occaſion aucun préſent ni à moi, ni à ma Gouvernante *; & il

* Depuis lors, il lui a fait une Penſion viagere de trois cents livres ; & je me fais un ſenſible plaiſir de rendre public un acte auſſi rare de reconnoiſſance & de généroſité.

ne le devoit pas ; mais il m'a fait un plaisir que je n'ai jamais reçu de M. P***, en me déclarant de bon cœur, qu'il faisoit bien ses affaires avec moi. Voilà, mon Ami, les faits dans leur exactitude. Si quelqu'un vous dit quelque chose de contraire à cela, il ne dit pas vrai.

Si ceux qui m'accusent de manquer de désintéressement, entendent par-là que je ne me verrois pas ôter avec plaisir le peu que je gagne pour vivre, ils ont raison ; & il est clair qu'il n'y a pour moi d'autre moyen de leur paroître désintéressé que de me laisser mourir de faim. S'ils entendent que toutes ressources me sont également bonnes, & que, pourvu que l'argent vienne, je m'embarrasse peu comment il vient, je crois qu'ils ont tort. Si j'étois plus facile sur les moyens d'acquérir, il me seroit moins douloureux de perdre ; & l'on sçait bien qu'il n'y a personne de si prodigue que les voleurs. Mais quand on me dépouille injustement de ce qui m'appartient, quand on m'ôte le modique produit de mon travail, on me fait un tort qu'il ne m'est pas aisé de réparer : il m'eſt bien dur de n'avoir pas même la liberté de m'en plaindre. Il y a long-temps que le Public de Paris ſe fait un Jean Jacques à ſa mode, & lui prodigue d'une main libérale des dons, dont le Jean Jacques de Montmorency ne voit jamais rien. Infirme & malade les trois quarts de l'année, il faut que je trouve ſur le travail de l'autre quart de quoi pourvoir à tout. Ceux qui ne gagnent leur pain que par des voies honnêtes, connoiſſent le prix de ce pain, & ne ſeront pas ſurpris que je ne puiſſe faire du mien de grandes largeſſes.

Ne vous chargez point, croyez-moi, de me défendre des diſcours publics : vous auriez trop à faire. Il ſuffit qu'ils ne vous abuſent pas, & que votre eſtime & votre amitié me reſtent. J'ai à Paris & ailleurs des ennemis cachés qui n'oublieront point les maux qu'ils m'ont faits ; car quelquefois l'offenſé pardonne, mais l'offenſeur ne pardonne jamais. Vous devez ſentir combien la partie eſt inégale entr'eux & moi. Répandus dans le monde, ils y font paſſer tout ce qui leur plaît, ſans que je puiſſe

ni

ni le ſçavoir, ni m'en défendre; ne ſçait-on pas que l'abſent a toujours tort? D'ailleurs, avec mon étourdie franchiſe, je commence par rompre ouvertement avec les gens qui m'ont trompé. En déclarant haut & clair, que celui qui ſe dit mon Ami ne l'eſt point, & que je ne ſuis plus le ſien, j'avertis le Public de ſe tenir en garde contre le mal que j'en pourrois dire. Pour eux, ils ne ſont pas ſi mal-adroits que cela. C'eſt une ſi belle choſe que le vernis des procédés & le ménagement de la bienſéance! La haîne en tire un ſi commode parti! On ſatisfait ſa vengeance à ſon aiſe, en faiſant admirer ſa généroſité. On cache doucement le poignard ſous le manteau de l'amitié, & l'on ſçait égorger, en feignant de plaindre. Ce pauvre citoyen! dans le fond, il n'eſt pas méchant; mais il a une mauvaiſe tête qui le conduit auſſi mal que feroit un mauvais cœur. On lâche myſtérieuſement quelque mot obſcur, qui bien-tôt eſt relevé, commenté, répandu par les apprentifs Philoſophes; on prépare dans d'obſcurs conciliabules le poiſon qu'ils ſe chargent de répandre dans le Public.

Tel a la grandeur d'ame de dire mille biens de moi, après avoir pris ses mesures pour que personne n'en puisse rien croire. Tel me défend du mal dont on m'accuse, après avoir fait en sorte qu'on n'en puisse douter. Voilà ce qui s'appelle de l'habileté ! Que voulez-vous que je fasse à cela ? Entends-je de ma retraite les discours que l'on tient dans les cercles ? Quand je les entendrois, irois-je, pour les démentir, révéler les secrets de l'amitié, même après qu'elle est éteinte ? Non, cher le Nieps ; on peut repousser les coups portés par des mains ennemies ; mais quand on voit parmi les Assassins son Ami le poignard à la main, il ne reste qu'à s'envelopper la tête.

PIECES FUGITIVES DE *M. J. J. ROUSSEAU.*

LETTRE

De M. Rouſſeau, écrite en 1750, à l'Auteur du Mercure.

VOus le voulez, Monſieur; je ne réſiſte plus : il faut vous ouvrir un Porte-Feuille qui n'étoit pas deſtiné à voir le jour, & qui en eſt très peu digne. Les plaintes du Public ſur ce déluge de mauvais Écrits dont on l'inonde journellement, m'ont aſſez appris qu'il n'a que faire des miens; & de mon côté, la réputation d'Auteur médiocre, à laquelle ſeule j'aurois pu aſpirer, a peu flatté mon ambition. N'ayant pu vaincre mon penchant pour les Lettres, j'ai presque toujours écrit pour moi seul ; & le Public, ni mes amis n'auront pas à se plaindre que j'aye été pour eux *Recitator acerbus*. Or on est toujours indulgent à soi-même ; & des écrits ainsi destinés à l'obscurité, (l'Auteur même eût-il du talent) manqueront toujours de ce feu que donne l'émulation, & de cette correction dont le seul desir de plaire peut surmonter le dégoût.

Une chose singuliere, c'est qu'ayant autrefois publié un seul Ouvrage *, où certainement il n'est point question de Poésie, on me fasse aujourd'hui Poète, malgré moi ; on vient tous les jours me faire compliment sur des Comédies & d'autres Pieces de vers que je n'ai point faites, & que je ne suis pas capable de faire. C'est la conformité du nom de l'Auteur avec le mien, qui m'attire cet honneur. J'en serois flatté, sans doute, si l'on pouvoit l'être des éloges qu'on dérobe à autrui ; mais louer un homme de

* Dissertation sur la Musique moderne.

choſes qui ſont au-deſſus de ſes forces, c'eſt le faire ſonger à ſon inſuffiſance.

Je m'étois eſſayé, je l'avoue, dans le genre lyrique, par un Ouvrage loué des Amateurs, décrié des Artiſtes, & que la réunion de deux Arts difficiles a fait exclure par ceux-ci avec autant de chaleur, que ſi en effet il eût été excellent; je m'étois imaginé, en vrai Suiſſe, que, pour réuſſir, il ne falloit que bien faire; mais ayant vu par l'expérience d'autrui, que bien faire eſt le premier & le plus dangereux obſtacle qu'on trouve à ſurmonter dans cette carrière; & ayant éprouvé moi-même qu'il y faut d'autres talens que je ne puis, ni ne veux avoir, je me ſuis hâté de rentrer dans l'obſcurité qui convient également à mes talens & à mon caractère, & où vous devriez me laiſſer, pour l'honneur de votre Journal.

Je ſuis, &c.

A Paris, le 25 *Juillet* 1750.

L'ALLÉE* DE SILVIE.

QU'A m'égarer dans ces bocages
Mon cœur goûte de voluptés !
Que je me plais ſous ces ombrages !
Que j'aime ces flots argentés !
Douce & charmante rêverie,
Solitude aimable & chérie,
Puiſſiez-vous toujours me charmer !
De ma triſte & lente carriere
Rien n'adouciroit la miſere,
Si je ceſſois de vous aimer.
Fuyez de cet heureux aſyle,
Fuyez de mon ame tranquile,
Vains & tumultueux projets;
Vous pouvez promettre ſans ceſſe

* C'eſt le nom d'une promenade ſolitaire où ces vers ont été compoſés.

Et le bonheur & la ſageſſe,
Mais vous ne les donnez jamais.
Quoi! l'homme ne pourra-t-il vivre,
A moins que ſon cœur ne ſe livre
Aux ſoins d'un douteux avenir?
Et ſi le temps coule ſi vîte,
Au lieu de retarder ſa fuite,
Faut-il encor la prévenir?
Oh! qu'avec moins de prévoyance,
La vertu, la ſimple innocence,
Font des heureux à peu de frais!
Si peu de bien ſuffit au Sage,
Qu'avec le plus léger partage,
Tous ſes deſirs ſont ſatisfaits.
Tant de ſoins, tant de prévoyance,
Sont moins des fruits de la prudence
Que des fruits de l'ambition:
L'homme, content du néceſſaire,
Craint peu la fortune contraire,
Quand ſon cœur eſt ſans paſſion.
Paſſions, ſources de délices,
Paſſions, ſources de ſupplices,
Cruels tyrans, doux ſéducteurs,

Sans vos fureurs impétueuſes,
Sans vos amorces dangereuſes,
La paix ſeroit dans tous les cœurs.
Malheur au mortel mépriſable,
Qui, dans ſon ame inſatiable,
Nourrit l'ardente ſoif de l'or!
Que du vil penchant qui l'entraîne,
Chaque inſtant, il trouve la peine
Au fond même de ſon tréſor.
Malheur à l'ame ambitieuſe,
De qui l'inſolence odieuſe
Veut aſſervir tous les humains!
Qu'à ſes rivaux toujours en bute,
L'abîme apprêté pour ſa chûte
Soit creuſé de ſes propres mains.
Malheur à tout homme farouche,
A tout mortel que rien ne touche
Que ſa propre félicité!
Qu'il éprouve dans ſa miſere,
De la part de ſon propre frere,
La même inſenſibilité.
Sans doute un cœur né pour le crime
Eſt fait pour être la victime

De ces affreuſes paſſions;
Mais jamais, du Ciel condamnée,
On ne vit une ame bien née
Céder à leurs ſéductions.
Il en eſt de plus dangereuſes,
De qui les amorces flatteuſes
Déguiſent bien mieux le poiſon,
Et qui toujours dans un cœur tendre
Commencent à ſe faire entendre,
En faiſant taire la raiſon;
Mais du moins leurs leçons charmantes
N'impoſent que d'aimables loix:
La haîne & ſes fureurs ſanglantes
S'endorment à leur douce voix.
Des ſentimens ſi légitimes
Seront-ils toujours combattus?
Nous les mettons au rang des crimes,
Ils devroient être des vertus.
Pourquoi de ces penchans aimables
Le Ciel nous fait-il un tourment?
Il en eſt tant de plus coupables,
Qu'il traite moins ſévèrement!
O diſcours trop remplis de charmes!

Eſt-ce à moi de vous écouter ?
Je fais avec mes propres armes
Les maux que je veux éviter.
Une langueur enchantereſſe
Me pourſuit juſqu'en ce ſéjour ;
J'y veux moraliſer ſans ceſſe,
Et toujours j'y ſonge à l'amour.
Je ſens qu'une ame plus tranquile,
Plus exempte de tendres ſoins,
Plus libre en ce charmant aſyle,
Philoſopheroit beaucoup moins.
Ainſi du feu qui me dévore
Tout ſert à fomenter l'ardeur :
Hélas ! n'eſt-il pas temps encore
Que la paix regne dans mon cœur ?
Déja de mon ſeptieme luſtre
Je vois le terme s'avancer ;
Déja la jeuneſſe & ſon luſtre
Chez moi commence à s'effacer.
La triſte & ſévère Sageſſe
Fera bien-tôt fuir les Amours ;
Bien-tôt la peſante vieilleſſe
Va ſuccéder à mes beaux jours.

Alors, les ennuis de la vie
Chaſſant l'aimable Volupté,
On verra la Philoſophie
Naître de la néceſſité ;
On me verra, par jalouſie,
Prêcher mes caduques vertus,
Et ſouvent blâmer, par envie,
Les plaiſirs que je n'aurai plus.
Mais, malgré les glaces de l'âge,
Raiſon, malgré ton vain effort,
Le Sage a ſouvent fait naufrage,
Quand il croyoit toucher au port.

O ſageſſe ! aimable chimere !
Douce illuſion de nos cœurs !
C'eſt ſous ton divin caractere
Que nous encenſons nos erreurs.
Chaque homme t'habille à ſa mode,
Sous le maſque le plus commode
A leur propre félicité ;
Ils déguiſent tous leur foibleſſe,
Et donnent le nom de ſageſſe
Au penchant qu'ils ont adopté.

Tel, chez la Jeuneſſe étourdie,
Le Vice, inſtruit par la Folie,
Et d'un faux titre revêtu,
Sous le nom de Philoſophie,
Tend des piéges à la Vertu.
Tel, dans une route contraire,
On voit le fanatique auſtere,
En guerre avec tous ſes deſirs,
Peignant Dieu toujours en colere,
Et ne s'attachant, pour lui plaire,
Qu'à fuir la joie & les plaiſirs.
Ah! s'il exiſtoit un vrai Sage,
Que différent en ſon langage,
Et plus différent en ſes mœurs,
Ennemi des vils féducteurs,
D'une ſageſſe plus aimable,
D'une vertu plus ſociable
Il joindroit le juſte milieu
A cet hommage pur & tendre,
Que tous les cœurs auroient dû rendre
Aux grandeurs, aux bienfaits de Dieu!

IMITATION LIBRE

D'une Chanſon Italienne de MÉTASTASE.

GRACE à tant de tromperies,
Grace à tes coquetteries,
Nice, je reſpire enfin.
Mon cœur, libre de ſa chaîne,
Ne déguiſe plus ſa peine;
Ce n'eſt plus un ſonge vain.

TOUTE ma flamme eſt éteinte:
Sous une colere feinte
L'amour ne ſe cache plus.
Qu'on te nomme en ton abſence,
Qu'on t'adore en ma préſence,
Mes ſens n'en ſont point émus.

EN paix, ſans toi, je ſommeille;
Tu n'es plus, quand je m'éveille,
Le premier de mes deſirs.

Rien de ta part ne m'agite ;
Je t'aborde & je te quitte ,
Sans regrets & ſans plaiſirs.

Le ſouvenir de tes charmes ,
Le ſouvenir de mes larmes
Ne fait nul effet ſur moi.
Juge enfin comme je t'aime :
Avec mon rival luï-même
Je pourrois parler de toi.

Sois fiere , ſois inhumaine ,
Ta fierté n'eſt pas moins vaine
Que le ſeroit ta douceur.
Sans être ému , je t'écoute ;
Et tes yeux n'ont plus de route
Pour pénétrer dans mon cœur.

D'un mépris , d'une careſſe ,
Mes plaiſirs ou ma triſteſſe
Ne reçoivent plus la loi.
Sans toi j'aime les bocages ;
L'horreur des antres ſauvages
Peut me déplaire avec toi.

Tu me parois encor belle;
Mais, Nice, tu n'es plus celle
Dont mes ſens ſont enchantés.
Je vois, devenu plus ſage,
Des défauts ſur ton viſage,
Qui me ſembloient des beautés.

Lorsque je briſai ma chaîne,
Dieu, que j'éprouvai de peine!
Hélas! je crus en mourir.
Mais quand on a du courage,
Pour ſe tirer d'eſclavage
Que ne peut-on point ſouffrir?

Ainsi, du piége perfide,
Un oiſeau ſimple & timide
Avec effort échappé,
Au prix des plumes qu'il laiſſe,
Prend des leçons de ſageſſe,
Pour n'être plus attrapé.

Tu crois que mon cœur t'adore,
Voyant que je parle encore
Des ſoupirs que j'ai pouſſés;

Mais tel au port, qu'il desire;
Le nocher aime à redire
Les périls qu'il a passés.

Le guerrier couvert de gloire
Se plaît, après la victoire,
A raconter ses exploits;
Et l'esclave, exempt de peine,
Montre avec plaisir la chaîne
Qu'il a traînée autrefois.

Je m'exprime sans contrainte;
Je ne parle point par feinte,
Pour que tu m'ajoûtes foi;
Et, quoi que tu puisses dire,
Je ne daigne pas m'instruire
Comment tu parles de moi.

Tes appas, Beauté trop vaine,
Ne te rendront pas sans peine
Un aussi fidèle Amant.
Ma perte est moins dangereuse;
Je sçais qu'une autre trompeuse
Se trouve plus aisément.

GIUSEPPE

GIUSEPPE FARSETTI,

Patrizio Veneto, a Giô. Giacomo ROUSSEAU, *Cittadino Ginevrino.*

SERMONE.

S'io non vedessi co' questi occhi, quale
E quanta hà virtù seggio entro il tuo petto,
E come l'oro, e le lucenti gemme,
E gli agi, cui sì dietro il mondo corre,
Disprezzi, e sei Signor di te medesimo;
Io crederei che avesse il falso scritto
Di Diogene saggio il secol prisco.
O spirto degno! Opra diversa è certo
Empier le carte di severi detti
Porgendo filosofici consigli;
Ed aver l'alma di giustizia piena
E porre di ragione in uso il lume,
Questo a te serba il ciel. Già non parl'io

Per farti onor, che il ſuon delle tue
lodi
Poco gradiſci, e nulla il biaſimo curi;
Ma per far noto il ver la lingua ſnodo.
Siegui il tuo nobil corſo, anima ſciolta
D'ogni umano legame. Odo chi dice:
Folle alterigia è che rifiuta l'oro
Che ricca e larga man ti porge in dono.
Ma tu, ciò di che duopo alcun non hai
Rifiuti ſolo, e duopo hai ben di poco,
E lieto vivi, e temperato, e ſaggio;
Come colui, che vedi, che la chioma
Colta e ſparſa d'odor, gli eletti panni,
E molte maſſe di fecondo argento,
Raro l'uomo beato in terra fanno.
Ma la cieca età noſtra è giunta a tale
Ch' ammira ſol ciò che par bello agli
occhi;
E l'opre generoſe, e i fatti egregi,
E l'alma pura e di rimorſi ſcarca
Prima fonte e cagion d'ogni ben noſtro,
Contempla appena, o non conoſce affat-
to.

L'UMANA razza, al mio parer, ſomiglia
Color che, come il Gelli un tempo hà ſcritto,
Fur da Circe cangiati in crude fiere;
Che poi, tornar potendo alle lor forme
E riavere il lor conoſcimento,
Meglio amar rimaner beſtie nel fango.
Or dimmi quanti nel pantano immerſi
Di vizj obbrobrioſi oggi riſcontri,
Che a noverargli opra perduta fora!
Odio ed amor, che mai non diſſer vero,
Reggono il mondo; e maſchera e belletto
Copre e traveſte le parole e i fatti.
Ov'è chi ſcriſſe con ſi puri inchioſtri;
» La gola, il ſonno, e l'oziose piume
» Hanno dal mondo ogni virtu ſbandita «?
Riſorga per veder ſe il ſuo concetto
In queſta noſtra etade al ver s'appone.
Quindi è che il ſenſo depravato e guaſto,
Che non può regger di virtute al lume,

Omaggio non le rende, e ogni via tenta
Onde vana e ridicola riesca.

Deh! Cittadino di città ben retta,
E compagno e fratel d'ottime genti
Ch'amor del giusto hà ragunate insieme,
Del tuo fido operar pago e contento
Vivi; che la giustizia e la virtude,
Come di se principio e di se fine,
Vive di se contenta, e non cerca oltre.
Ma stolto! Il foglio di moral precetti
Spargo, ne ch'io ragiono a te m'avveg-
gio,
Da cui tanto s'apprende in un sol giorno
Quanto da più volumi in parecchi anni.

NOUVELLE ROMANCE.

Aux ten - dres cœurs.

J'aimois une jeune Bergere,
Belle à ravir.
Cent rivaux, jaloux de lui plaire,
Vinrent s'offrir.
Que d'efforts il me fallut faire,
Pour les bannir !

J'obtins enfin, par ma conſtance,
Un tendre aveu.
Ce moment ſeul, (toujours j'y penſe)
Combla mon feu :
Mais cette douce jouiſſance
Dura bien peu.

Un mal affreux pour une belle,
Un jour la prend.
Dieu ! m'écriai-je, ſauvez celle
Que j'aime tant :
Qu'elle vive laide & fidelle;
Je ſuis content.

Le mal qui porte ſon ravage
Juſques au bout ;
Changea les traits de ſon viſage,
Et non mon goût.
Ah ! la beauté n'eſt qu'une image !
Le cœur eſt tout.

Après tant de ſoins & de larmes,
J'étois en paix:
Mais il falloit d'autres allarmes
Sentir les traits.
Cruel Amour, pour qui tes charmes
Sont-ils donc faits?

Après dix mois de mariage,
Inſtans trop courts,
Elle alloit me donner un gage
De nos amours.
La Parque cruelle & ſauvage,
Trancha ſes jours.

Cette jeune & tendre Bergere,
Prête à mourir,
Me dit: ferme-moi la paupiere,
Prends ce ſoupir;
Garde, de ma flamme ſincere,
Le ſouvenir.

Oui, chaque jour, Dieu que j'atteſte!
Je m'en ſouvien;
Le ſouvenir cher & funeſte
D'un doux lien,
Eſt le ſeul tréſor qui me reſte:
C'eſt tout mon bien.

Vous que jamais l'Amour ne bleſſe
D'un trait vainqueur,
Le calme & la paix ſont ſans ceſſe
Dans votre cœur:
Mais, hélas! vivre ſans tendreſſe,
Eſt-ce un bonheur?

FIN.

TABLE DES ARTICLES

Contenus dans ce second Tome.

PRÉFACE. Page 5
L'Amant de lui-même. 49
Le Devin du Village, Intermède. 115
Epître à M. Duclos, Historiographe de France, l'un des Quarante de l'Académie Françoise, & des Inscriptions & Belles-Lettres. 117
Avertissement. 119
Pigmalion, Scène Lyrique. 195
Lettre sur la Musique Françoise. 212
Avertissement. 215
Apologie de la Musique Françoise, contre le sentiment de M. Rousseau, par M. l'Abbé Laugier. 305
Avertissement. 307
Extrait d'une Lettre de M. Rousseau à M.... sur les Ouvrages de M. Rameau. 369
Fragment d'une Lettre de M. Rousseau, écrite de Montmorency, à un Ami, le 5 Avril 1759, au sujet de son entrée à l'Opéra, qu'il avoit eue pour son Devin du Village, qui lui fut ôtée à cause de sa Lettre sur la Musique, & qu'on voulut lui rendre quand il eut quitté Paris. 377
Lettre de M. Rousseau, écrite en 1750, à l'Auteur du Mercure. 387
L'allée de Silvie. 390
Imitation libre d'une Chanson Italienne de Métastase. 397
Giuseppe Farsetti, Patrizio Veneto, a Giô. Giacomo Rousseau, Cittadino Ginevrino, Sermone. 401
Nouvelle Romance. 405

Fin de la Table.

Imprimé en France
FROC031119210120
23228FR00014B/168/P

9 782329 363769